俺を好きなのはお前だけかよ
orewo sukinanoha
omaedake kayo
15
駱駝《らくだ》
illustration
ブリキ

JN068255

俺を好きなのはお前だけかよ⑮

orewo
sukinanoha
omaedake
kayo

駱駝《らくだ》

illustration ブリキ

contents

デザイン●伸童舎

「ジョーロ君はパンジーの恋人になった。
だから、こうして私がここに来たのよ」

「ジョーロ君、君は随分とひどいことをしているようだね」
「はい！　任せて下さい！」
「よーし！　マッチポイントだよ、あすなろちゃん！」
あすなろ／羽立《はねたち》桧菜《ひな》
新聞部の敏腕編集部員。慌てると口調が津軽弁になる。
ひまわり／日向《ひなた》葵《あおい》
俺の幼馴染で、運動神経だけは抜群な天然系ビッチ。

ビオラ/虹《こう》彩《さい》寺《じ》 菫《すみれ》
俺の中学時代の同級生。中学時代は片三つ編みに丸眼鏡という、どこかで見たような地味女だったが……クリスマス・イブ当日に、絶世の美女となって俺の目の前に降臨してきやがった！　あだ名である『菫(ビオラ)』の由来は名前から——じゃあ何でお前がパンジーを名乗ってんだ!?

パンジー／三色院菫子《さんしょくいんすみれこ》
なぜか俺にだけ超毒舌な三つ編み眼鏡の図書室の主。
サザンカ/真山亜《まやまあ》
元・ギャル。今は清楚な外見だ
は野獣でカリスマ群のリーダー

「さぁ、始めましょ。私達のウキウキラブラブなひと時を」

「……ったく、なんであたしが……
……って、ジョーロォォォォ!?」
コスモス／秋野《あきの》桜《さくら》
生徒会長。クールな見た目だが、実は結構ポンコツで乙女チック。
花
、実際
存在。

私達はお友達

プロローグ

「これで、平気……なの、よね？」

中学一年生の夏休み。

お部屋の姿見で、普段とは違う少し特別な自分の格好を確認した後、私はお家《うち》を出発した。

髪型を三つ編みにして、度の入っていない眼鏡をかける。

これで私の世界が変わるの？　……分からない。だけど、試す以外に方法はない。

「………」

お家《うち》を出て、僅か三歩で足が止まる。

もしも、これでもダメだったらという恐怖にとらわれてしまったからだ。

やっぱり、こんな格好はやめていつも通りの姿に——

『あら？　試しもせずに決めつけでやめてしまうなんて、貴女《あなた》は本当に臆病者なのね。なら、一生他人の視線に怯《おび》えて、無様に生き続けていればいいのではないかしら？』

ふと、最近知り合った女の子の言葉が頭に浮かんだ。彼女から、実際にこんなことを言われたわけではないが、今の私を見たら間違いなく彼女はこう言うだろう。

……それは、非常に癪《しゃく》だ。

「このぐらい簡単よ」

胸の前で小さく拳を握りしめ、私は再び歩を進める。

これ以上、バカにされてたまるものですか。

…………

……

駅に到着。私達《わたしたち》中学生にとっては休みだけど、世間では平日。

十三時の駅のホームには、あまり人がいなかった。

……待つこと三分、電車がホームへと停車する。

今のところ、問題ないわね。

これは、本当に大丈夫かもしれないわ……。いえ、油断は禁物よ。

胸の内に湧く、僅かな高揚感と強い緊張感を握りしめながら私は乗車する。

車内に入ると同時に周囲を確認。いつもなら、どれだけ席が空いていようとも、ドアの端に立って外側に顔を向けていた。必要以上に、誰かから見られないように。

でも、今日は違う。自分の中に残っている勇気を精一杯かき集めて、私は本当に久しぶりに座席へと腰を下ろし、鞄《かばん》から本を取り出して読み始めた。

「…………」

ダメね。内容がまるで頭に入ってこないわ。

どうしても、周囲に聞き耳を立ててしまう自分がいる。

「なぁ、あの人……」

「……っ！」

ちょうど正面に座っている……恐らく高校生と思われる二人組の男性の声に体を震わせる。

大丈夫よね？　本当に、大丈夫なのよね？

「ドアの所に立ってるお姉さん、美人じゃね？　こう、大人の色気があるというか……」

「あ～、確かに。……てか、あんまジロジロ見るなよ。迷惑だろ」

「お、おう。そうだな……」

思わず、本を持つ手の力が強くなる。

すごいわ！　本当に、大丈夫だったじゃない！

いつもと同じ電車に乗っているのに、いつもとは全然違う……。

誰も私を見ていない。

彼らにとって、私は電車の中にいるただのエキストラなのだ。

その事実が私の中から緊張感を消滅させ、久しぶりに……本当に久しぶりに落ち着いた気持ちで、本に集中することができた。

❀

——十三時五十分。

電車から降りた私は、少し足早に区の運営する図書館を目指す。

しまったわ。本に集中し過ぎて、乗り過ごしてしまうなんて。

急がないと……

「待ち合わせの時間は、十三時三十分だったはずよね？」

図書館の入り口に到着すると、彼女は冷たい言葉を私へと飛ばす。

片三つ編みに丸眼鏡。私とよく似た格好をしているその人は、淡泊な表情で何を考えているか分かりにくいけど、少なくとも今どんな感情を抱いているかはよく分かる。

遅刻した私に怒っている。

「時には失敗も受け入れるのが、友情の第一歩だと思うの」

何となく、素直に謝罪をするのが悔しかった私は精一杯の抵抗をする。

「今まで、まともに友達がいなかった人が何を言っているのかしら？」

「それは、お互い様でしょう？」

「そうやって、罠《わな》にかかったドブネズミみたいに惨《みじ》めにもがき続けるのと、素直に謝罪をするのと、どちらが友情の第二歩を踏めると思うかしら？」

容赦のない言葉。

彼女と私は話し方もよく似ているけど、彼女は毒のある言葉を使う時がある。

「……ごめんなさい。久しぶりに電車で本を読めたのが嬉《うれ》しくて、乗り過ごしてしまったの」

これ以上、足掻《あが》いても無駄だと悟った私は頭を下げた。

「はぁ……。いいわ、許してあげる」

呆《あき》れたため息と共に、宥免《ゆうめん》の言葉。

そこで、気持ちを切り替えたのか、どこか落ち着いた笑顔を浮かべると、

「その格好、よく似合っているわね。……パンジー」

私に『三色菫《パンジー》』という愛称を貸してくれた彼女が、そう言ってくれた。

「ありがとう。……ビオラ」

彼女は、虹彩寺《こうさいじ》菫《すみれ》。『菫《すみれ》』という名前から、『菫《ビオラ》』という愛称で呼ばれている私のお友達。

今は、片三つ編みに眼鏡という格好をしているけど、本当はとても綺麗《きれい》な女の子。

初めて彼女の本当の姿を見た時は驚いた。

でも、それ以上に驚いたのは、出会ってすぐに彼女が私の悩みを言い当てたこと。

ビオラ自身も、過去に同じ悩みを持っていたからすぐに分かったらしいのだけど、まさかその解決方法まで教えてくれるとは思いもしなかったわ。

今の三つ編み眼鏡の格好は、ビオラを真似《まね》したもの。背丈も同じくらいだからだけど、こうして二人で似たような姿をしていると、まるで双子みたいな感覚になる。

「今の私の格好を褒めてくれたのは、ビオラだけだったわ」

「私だけ……というより、私以外にその姿を見せていないのではないかしら？」

「失礼ね。ちゃんと他の人にも見せたわよ。別に私が友好的な関係を結んでいるのは、ビオラだけではないもの」

先程の口喧嘩《くちげんか》の雪辱を果たしたくなった私は、また少しだけ抵抗をする。

「なら、私と家族を省いたらどうなるかしら？」

「もちろんいるわ。……将来的に」

また言い負けた。ビオラに口喧嘩《くちげんか》で勝つのは難しい。

とあることが絡《から》めば多少は優位に立てるけど、普段はからっきしよ。

「ふふっ。そういう将来が来るといいわね。……お互いに」

「ええ。そうね」

顔を合わせて、笑い合う。

私達《わたしたち》はお友達が少ない。お互いに、素直な気持ちで話せるお友達は一人だけ。

だけど、いつか沢山のお友達を作りたい。……それが、私達《わたしたち》の目標の一つだ。

「ビオラ、今日の予定はどうなっているのかしら？」

夏休みにここの図書館でビオラと出会って以来、私達《わたしたち》はほぼ毎日一緒に過ごしている。

二人でお出かけをする時もあれば、ただ図書館で本を読むだけの日もある。

でも、今日は……

「私とジョーロ君の、ラブラブイチャイチャ計画を立てましょ」

彼女の恋愛相談に乗る日みたいね。

ラブラブイチャイチャ計画……ひどいネーミングセンスだわ。

「自分で言っていて、恥ずかしくないのかしら？」

名前もだけど、ビオラは私と性格や喋《しゃべ》り方《かた》までよく似ている。だから、彼女が発する言葉がまるで自分の言葉のように感じてしまい、気恥ずかしくなってしまうことがたまにある。

「ふふふ。この程度の言葉に恥を感じるなんて、パンジーはまだまだ子供ね」

同い年の貴女《あなた》に言われたくないわ。心でそう返事をする。

「図書館だとお喋りはできないし……私がジョーロ君と行く予定の喫茶店に行きましょ。あそこなら、長時間いても咎《とが》められることはないし、お話をするには絶好の場所よ」

「その予定は、いつになるのかしらね？」

「……っ！」

ビオラの体が揺れる。私に対しては高慢に振る舞うビオラだけど、彼女の想《おも》い人《びと》である如月《きさらぎ》雨露《あまつゆ》君……『ジョーロ』と呼ばれている人が相手になるとまるで正反対。

消極的で臆病で、情けない姿をどこまでも見せ続ける。

恋をしているビオラと、恋をしていない私。その違いだろうか？

「わ、私の完璧な計画では……、これから……二学期にはいけるはずよ！」

弱気な気持ちと正反対の強い言葉。私は、恋をしてもこんな醜態はさらさないようにしよう。

如月《きさらぎ》君に恋心を抱いているビオラだけど、気持ちと反比例するように行動力がない。

その証拠に、私には毎日会おうと言ってくるくせに、如月《きさらぎ》君とは夏休みの初めの頃にあった野球の地区大会が終わって以降、一度も会えていないらしい。

この様子だと、彼女がジョーロ君と二人で喫茶店に行くのは……

「まだまだ先になりそうね」

「うるさいわね！　そうならないための計画を立てるのよ！」

「くす……。分かったわ」

やや大股になるビオラに苦笑しながら、私は彼女についていった。

＊

「まずは、ジョーロ君に興味を持ってもらうことが大切だと思うの」

喫茶店に到着するなり、開口一番。ビオラがそう言った。

「具体的に、どんな方法で実現するのかしら？」

「はぁ……。本当に愚鈍な人ね。その方法が分かっていれば、こんな場所に貴女《あなた》と来ているわけがないじゃない」

なぜ、彼女はこうも自信満々に、自分のダメなところを主張できるのかしら？

「つまり、その方法を一緒に考えてほしいと思っていいかしら？」

「そう思ってくれても、やぶさかではないわ」

前々から思っていたけど、ビオラの性格は大分破綻していると思うの。相談をしている側のはずなのに、いつも偉そうな態度でまるで助けを求めているようには見えないわ。

「仕方ないわね……」

だけど、そんなビオラが私は好きだった。本当は弱い気持ちを内に抱えながらも、相手に遠慮せずに言いたいことを言う強い姿勢。それは、私にはないものだもの。

「まずは、ジョ――」

「そう呼んでいいのは、彼のお友達だけよ」

独占欲が強いわね。ただお話で聞いているだけの如月《きさらぎ》君に、私が特別な感情を抱くことなんてありえないのに、何をそんなに警戒しているのかしら。

「まずは、如月《きさらぎ》君がどんな人を好むかを分析する必要があるのではないかしらね？」

「難しい質問ね……」

「どうしてかしら？」

「彼、外見さえよければ、内面なんて気にしないで、どんな子でも歓迎するのですもの」

「……どんな人を好むか以前に、如月《きさらぎ》君がどんな人かを教えてもらってもいいかしら？」

今まで、ビオラから「ジョーロ君が好き」という話は何度も聞いていたけど、如月《きさらぎ》君自身がどんな人かは聞いたことがなかった。その理由は……

「好きにならないわよね？」

ビオラが、話したがらないからだ。

これもまた、ビオラの独占欲の強さの一つね。

「そこに足踏みしていたら、いつまで経《た》っても話が進まないと思うのだけど？」

「……分かったわよ。特別に、本当に特別に話してあげるわ」

不貞腐《ふてくさ》れた表情。

やっぱり、私がビオラに口喧嘩《くちげんか》で勝てるのは、如月《きさらぎ》君絡《がら》みの時だけね。

「ええ。特別に聞いてあげるわ」

僅かに体を前に出し、ビオラの言葉を待つ。こんな捻《ひね》くれ者《もの》が恋心を抱くくらいだから、とても人間のできた人だと思っていたのだけど……

「普段は、自己中心的で歪《ゆが》んだ本性を隠して、誰かれ構わずいい顔をする無害な男の子を演じているわ。だけど、性欲を抑えるのは苦手みたいで本能に忠実。女子生徒のスカートが揺れた時はすかさず目線を移動させて、食い入るように見つめているわね。……とりあえず、自分に好意を持ってくれる美少女なら誰でもいいと考えつつも、あわよくば複数人の女性に手を出したいと考えているみたいで、中々一人に絞りきろうとしない。……こんな感じかしらね？」

「狂っているわね」

如月《きさらぎ》君も、そんな人が好きなビオラも。

「安心してちょうだい。とても素敵な人よ」

「できれば、安心できる情報と一緒にそう感じさせてほしかったわ」

「嫌よ。ジョーロ君の良《い》いところを伝えたら、パンジーも好きになるかもしれないじゃない」

「それだけは、ありえないと断言できるわ」

なぜ、私がそんな社会の塵芥《ちりあくた》みたいな人を好きになると思えたのかしら？

今の話を聞いて私が思ったのは、「もっと別の人を探したほうがいい」という気持ちだけ。

恋をする要素なんて、微塵《みじん》も見当たらなかった。

「甘いわよ、パンジー」

やけに鋭い瞳で、ビオラが私を見る。

「私も最初はそう思っていたの。でも、結果として私はジョーロ君が好きで好きで仕方なくなっている。だから、貴女《あなた》の断言はまだ信用できないわ」

「……そう。なら、私が彼に恋心を抱かないうちに、早く彼と恋人関係になってちょうだい」

「もちろんよ。だから、今日はそのための方法を考えるわよ！　目標は、二学期中にジョーロ君と二人でお出かけをすること！　この喫茶店はもちろん、一緒に図書室で本を読んだり、ちょっと無理をしてゲームセンターに行ってお写真を撮ったり、やること尽くめよ！」

両拳を握りしめるビオラを見て、私はため息を漏らす。

やること尽くめの内、一つくらいは実現できるといいわね。

「そして、理想は恋人同士になって、クリスマス・イヴにデートよ！」

何となく、今年のクリスマス・イヴに、結局如月《きさらぎ》君と距離を詰められずに不貞腐《ふてくさ》れて私に愚痴をこぼすビオラの姿が想像できた。

「ふふふ……。クリスマス・イヴにジョーロ君と二人きり……。つい、照れ屋さんのジョーロ君はどこか乗り気じゃない態度を見せてしまって、……そんな彼の腕を、私はいじわるな顔をして、グイグイ引っ張るのでしょうね」

放っておくと、どこまでも妄想だけがはかどりそうね……。

まったく、初めてできた私の大切なお友達が、どうしてそんなどうしようもない人を好きになってしまっているのかしら？

しかも、私までその人を好きになるかもしれないですって？

ビオラには否定されたけど、何度でも言ってやるわ。

私は、如月《きさらぎ》君を好きにならない。

だって、もしそうなったら……ビオラとお友達でいられなくなってしまうかもしれないもの。

第一章

俺は探せない

『留守番電話サービスに接続します。発信音の後にメッセージをどうぞ』

「くそっ！　出ろよな！」

高校二年生の冬。特別な日となるはずだった、クリスマス・イヴ。

スマートフォンから聞こえてくる無機質な音声に、俺──ジョーロこと如月雨露《きさらぎあまつゆ》は歯を食いしばる。

どうなってる？　まじで、どうなってるんだよ⁉

俺は今日、西木蔦《にしきづた》高校図書委員、普段は三つ編み眼鏡姿だが、本当はとんでもない美人の三《さん》色院菫子《しよくいんすみれこ》──通称『パンジー』と呼ばれる女と二人で会う約束をしていた。

二学期の終業式。大切な三つの絆《きずな》を破壊して、たった一つの……パンジーとの絆《きずな》を守った。

そして、俺達《おれたち》は恋人同士になった……はずだったのに、クリスマス・イヴに待ち合わせ場所へ向かうと、そこに現れたのは……

「もう満足したかしら？　それなら、早く行きましょ。折角の私とジョーロ君の初めてのラブラブイチャイチャデートなんですもの。時間を無駄にはしたくないわ」

俺の中学時代の同級生、虹彩寺《こうさいじ》菫《すみれ》……通称『菫《ビオラ》』と呼ばれている女だった。

中学時代は、いつも片三つ編みに丸眼鏡という、どこかで聞いたことのあるような地味武装をしていたビオラだが、それらをパージすると、あらビックリ。

とんでもない美人の女が、現れたときたもんだ。

強い既視感。一瞬、今まで俺が西木蔦《にしきづた》高校の図書室で過ごしてきたのは、パンジーじゃなくてビオラだったのかなんて疑問まで湧いた。もちろん実際はそんなはずはなく、二年生になってからの八ヶ月間、俺が絆《きずな》を紡《つむ》いできたのは、間違いなく三色院菫子《さんしよくいんすみれこ》なのだが。

「いや、だからよ、ビオ——」

「パンジーよ。一歩も歩かずに忘れてしまうなんて、貴方《あなた》の記憶力は鶏にも劣るのね」

クスクスと笑いながら、容赦ない毒舌。再び、強い既視感。

おかしいぞ……。中学時代のビオラは、こんな奴《やつ》じゃなかった。

芯がしっかりしていて、どんなことでも他人の力を頼らずに自分で成し遂げようとする強い奴《やつ》ではあったが、性格は遠慮がち。

いつも何かに怯《おび》えているような控えめな態度が目立つ女の子で、決して今みたいな……。

「さぁ、始めましょ。私達《わたしたち》のウキウキラブラブなひと時を」

パンジーみたいな性格じゃなかったんだ……。

「それで、ジョーロ君。貴方《あなた》のプランだと、今日はこの後どこに行く予定なのかしら？」

「正直に言わせてもらえば、てめぇと行く予定の場所なんてどこにもねぇ」

既視感に飲み込まれそうになるのをすんでのところでこらえ、一言。

かなりひどいことを言っている自覚はあるが、それでも事実を伝える。

俺が待ち合わせをしていたのは、三色院菫子《さんしょくいんすみれこ》であって虹彩寺菫《こうさいじすみれ》ではないのだから。

「それはつまり、私にお任せラブラブイチャイチャコースということかしら？」

「ちげぇから！　そういう意味で言ってねぇから！」

「もう、恥ずかしがっちゃって。照れ屋さんなんだから……」

恐ろしいまでのポジティブシンキング。これまた、どこかで経験のあることだ。

「なぁ、本当にどうなってるんだよ？」

「ジョーロ君は、パンジーの恋人になった。だから、こうして私がここに来たのよ」

自信満々と言わんばかりの笑顔を浮かべ、左手を自分の胸に添える。

「いや、てめぇは──」

「パンジーよ。中学時代に、貴方《あなた》がそう私に名前をつけてくれたじゃない」

「……俺が？」

「ええ」

妖艶《ようえん》な魅力を宿した瞳が、俺を柔らかくとらえる。

「そういえば……」

……そうだ、俺だ。俺が虹彩寺菫《こうさいじすみれ》に『三色菫《パンジー》』というあだ名をつけたんだ。

思い返される中学時代。まだ、ビオラがただの虹彩寺《こうさいじ》菫《すみれ》で、俺が本性を隠して鈍感純情BOYを演じていた頃。とある日に、俺は虹彩寺《こうさいじ》菫《すみれ》のプリント運びを手伝った。

別に、虹彩寺《こうさいじ》菫《すみれ》を特別扱いしたわけじゃない。

あの頃の俺は、周りのポイントが稼げるならと、面倒なことは率先して手伝っていた。

そして、その日は手伝う相手がたまたま虹彩寺《こうさいじ》菫《すみれ》だっただけ。

あの時のプリント運びの最中、俺は虹彩寺《こうさいじ》菫《すみれ》から「あだ名をつけてほしい」と頼まれた。

だから、名前の『菫《すみれ》』から、『三色菫《パンジー》』か『菫《ビオラ》』のどっちかなんてどうだろうと確認したら、虹彩寺《こうさいじ》菫《すみれ》が選んだのは……

「『どっちももらう』……だったな」

「思い出してくれて、とても嬉《うれ》しいわ。……ふふっ」

笑い声と共に漏れる白い息。

全身から胡散臭《うさんくさ》さしか発していないようにも見えるが、本当に喜んでいるのだろう。

上機嫌な様子で俺の腕に、自分の腕を回してきた。

「本当は、ずっとこうしたかったの。私、ジョーロ君が大好きだったから」

「…………」

ビオラの気持ちが、嘘《うそ》じゃないことはよく分かっている。

かつて、俺に苦い思い出を刻み込んだ一学期の始まりの事件。

中学時代から親友だと信じてきたサンちゃんと、俺はぶつかることになった。

その原因は、ビオラ。……といっても、別にこいつは何も悪くはない。

ビオラはサンちゃんに対して、俺が好きだと相談しただけなのだから。

だけど、サンちゃんはずっとビオラが好きだった。そんな不運が重なった結果、俺達《おれたち》の関係は歪《ゆが》み、一学期序盤に俺にとって大きな事件を引き起こすことになる。

あの事件で、最も悪かったのが誰かという話になったら、

「ごめんな。中学の時に気づけなくて……」

中学時代、自分の欲望ばかり優先して、ビオラの気持ちに気づけなかった俺だ。

「まったくよ。私なりに頑張ったのに、ジョーロ君ったら全然私を見てくれないんですもの。なら、そのお詫《わ》びには期待してもいいのかしら？」

お詫《わ》びというよりも、俺がビオラにすべきことは感謝だと思う。あの事件は苦い思い出にもなったが、同時にサンちゃんと以前よりもいい関係になれるきっかけをくれた。

何より、ビオラは俺の汚い本性を知りながらも、俺に好意を持ってくれていたんだ。

だから、多少の無茶なら聞き入れるが、

「で、てめぇとアイツはどういう関係だ？」

この件だけは、聞き入れるわけにはいかねぇよ。

本人が『パンジー』であることを受け入れろというのであれば、それはもういい。

問題は、三色院菫子《パンジー》じゃなくて、虹彩寺菫《パンジー》が現れた理由だ。これで、二人に何も関係がないなんてことはありえない。こいつらには、ぜってぇ何かがある。

「いじわるね」

ムスッと膨《ふく》れっ面《つら》。すぐに不貞腐《ふてくさ》れるところも、本当にそっくりだ……。

「期待に応えられないことには、定評があるからな」

「ジョーロ君が、私に優しくしてくれたら話すかもしれないわ」

「……どうしろと？」

「手始めに、十八歳未満が禁止されている行為を所望するわ」

「所望すな！　初《しょ》っ端《ぱな》からすっ飛ばしすぎだろが！」

生産性のまるでない、水掛け論のようなやり取り。これもまた、どこかで経験がある。

なんで、こんなに似てるんだよ……。

「普通、こんな可愛《かわい》い女の子が勇気を出して、ジョーロ君みたいな将来性のない男の子に、肉体関係を申し出たら、本能のままに受け入れるものではないかしら？」

「それを受け入れると、バッドエンド直行な気しかしねぇからな」

「大丈夫よ、ジョーロ君。貴方《あなた》の人生は、どうあがいてもバッドエンドが約束されているわ」

「全然大丈夫じゃねぇから、それ！」

ダメだ。まるで話にならない……。

こうなったら、いっそ三色院菫子《パンジー》の家に突撃して……

「お話にならないからといって、お家《うち》に突撃しても無駄だと思うわ」

「平然と思考を読んでこないでもらえますかねぇ⁉」

こいつもエスパー能力保持者かよ！ ますますそっくりだな、おい！

……が、重要な情報は得られた。

どうやら、俺は三色院菫子《パンジー》の家に行っても、アイツに会うことはできないらしい。

本来なら、久しぶりに会った虹彩寺菫《パンジー》の言葉なんて信用しないほうがいいとも思えるが、もし虹彩寺菫《パンジー》が三色院菫子《パンジー》と似ているとするならば……

「てめぇは、嘘《うそ》をつかないってことか」

「ふふふっ。ちゃんと分かってくれて嬉《うれ》しいわ。ますます好きになってしまったじゃない」

「余計なことは言わんでいい」

いつまで経《た》っても腕を解放しようとしないので、ヒョイと脱出。

またもや不機嫌になって、膨《ふく》れっ面《つら》を向けてきた。

「はぁ……。前々から照れ屋さんなのは分かっていたけど、ここまでくると末期ね。仕方がないから私が妥協して、貴方《あなた》とのデートを堪能《たんのう》してあげるわ」

「全然妥協してねぇじゃねぇか！ 俺はどういう事情か教えろって言ってんだよ！」

三色院菫子《パンジー》ではなく、虹彩寺菫《パンジー》が現れた理由。目の前にいる虹彩寺菫《パンジー》は、間違いなく事情を知っているのだろうが、教えるつもりはこれっぽっちもないのだろう。その証拠に……

「ほら、早く行きましょ。……ふふっ。前々から憧れていた、『ジョーロ君の腕をグイグイと引っ張る』を遂《つい》にやり遂げてしまったわ。今日は、ラブリーグーイング記念日ね」

こっちの話を完全に無視して、とても楽しそうに俺の腕を引っ張っていらっしゃる。

なんだ、その猛烈にダサい名前の記念日は？

仕方がない。他に事情を知っていそうなのは……

「あら、また電話？　相変わらず、ジョーロ君は無駄なことに力を注ぐのが好きなのね」

「無駄かどうかは、まだ分からねぇだろが」

スマートフォンを取り出し、俺は再び電話をかける。

ただし、その相手は三色院菫子《パンジー》ではない。繋《つな》がらないことは確認済みだ。

俺が電話をかけたのは……

『ジョーロ、どうしたぁ？　もしかして、ヒイラギの店に忘れ物でもしたか？』

親友のサンちゃんだ。

スマートフォンの向こうから聞こえる、いつもの熱血ボイスに安堵《あんど》する。

今度は繋《つな》がってよかった……。

「あのよ、聞きたいことがあるんだけど、……いいか？」

『おう！　いいぜ！　何でも聞いてくれよ！』

本来であれば、サンちゃん以上に事情を知っていそうな奴《やつ》らに心当たりはある。

だけど、できるかぎり俺はそいつらとかかわりたくなかった。

だって、そうだろ？　俺とみんなの絆《きずな》はぶっ壊れちまってるんだ。

今更、自分が妙な事情になったからって頼るのは……

「あ、あのよ……虹彩寺《こうさいじ》菫《すみれ》って覚えてるか？　ほら、中学時代に俺達《おれたち》と同級生だった……」

『…………』

少し緊張しながらその名前を告げるが、スマートフォンの向こうからは何も聞こえない。

「えっと……、サンちゃん？」

『…………覚えてるよ』

三秒後、さっきまでの熱血ボイスとはまるで異なる、冷静な声色で返答。

なんだ？　どうして、サンちゃんは急にこんな態度に……

「そ、そのさ、実は今日の待ち合わせで――」

『あの子じゃなくて、虹彩寺《こうさいじ》菫《すみれ》が来たか？』

「……っ！　そ、そうだけど……、なんでサンちゃんが……」

『やっぱり、そうなったか……』

スマートフォン越しに聞こえてくる、どこか達観した声色。

「サンちゃん、もしかして事情を知ってるのか!?　だったら――」

『悪いな、ジョーロ。俺は何も言えない……いや、正確には言い終わってる、だ』

「は？　いや、俺は何も聞いて――」

『思い出せ、体育祭の後のことを。あそこで、俺がお前に伝えた言葉を』

サンちゃんが体育祭の後に俺に言ったこと、だと？

体育祭では、ツバキとヒイラギが、『勝ったほうが負けたほうに、何でも一つ好きなことを命令できる』って、メインイベントそっちのけで屋台の売上勝負を行った。

あの時、俺は勝ったヒイラギ側のメンバーだったはずなのに、三色院菫子《パンジー》の罠《わな》にはまって敗者にさせられて、へこんでいた。

で、全部が終わった後にサンちゃんと少しだけ話す時間があって……

『あれが俺にできる精一杯だよ。ここから先、俺はどっちの味方にもつけない。だから、お前が何とかしろ。……いや、してやってくれ』

「サンちゃん、何を……って！　切れてるじゃねぇか！」

まるで懇願するような言葉を残すと、サンちゃんは電話を切ってしまった。

ようやくヒントを得られると思ったら、手に入ったのは新たな混乱だけ。

問題は解決するどころか、より大きくなっていた。

「ほらね？　無駄だったでしょう？」

勝ち誇った表情で、俺の腕を懲りずにグイグイと引っ張る虹彩寺菫《パンジー》。

サンちゃんが事情を知っているという大きな手掛かりは得られたが、そこから先は真っ暗。

結局、俺はろくな情報も得られることなく、電話を終えてしまった。

恐らく、もう一度かけ直したとしても繋《つな》がることはないだろう。

「でも、私にとっては、すごく有意義な電話だったわ。ジョーロ君と大賀《おおが》君が今でも親友同士と分かって、とても安心したもの」

今までの少し意地の悪い笑顔とは違う、優しい笑顔。

「なんで、てめぇが安心するんだよ?」

「私は、中学時代に大賀《おおが》君をとても傷つけてしまったから……」

「…………」

「ジョーロ君にも、とても迷惑をかけてしまったわよね。……ごめんなさい、私が自分のことばかり考えていて、大賀《おおが》君の気持ちに気づくのに遅れてしまった。そのせいで……」

罪悪感を強く抱え込んだ、寂しそうな表情を見ていると妙に胸が苦しくなって……

「別に、てめぇが悪いわけじゃねぇよ」

つい、そんな言葉をかけてしまった。

「怒ってないの？」

「怒ってねぇ」

俺だって、虹彩寺菫《バンジー》の気持ちに気づけなかったんだからな……。

「ふふふ。困ったわ、ますます好きになってしまうじゃない」

「勘弁してくれ」

安堵《あんど》を浮かべた優しい笑顔に不覚にもときめいてしまい、俺は顔を逸《そ》らした。

「あら？　やっぱり照れ屋さんね」

さっきまで傍若無人だったくせに、急にしおらしくなるのはやめてくれよ。

何だか、もっと優しくしたくなって……

「それじゃあ、私にとって一番の問題も解決したことだし、そろそろ十八歳未満が禁止されている行為に手を染める頃合ね」

「返せ！　俺の胸に宿ったこの想《おも》いを今すぐ返せ！」

あっという間に、さっきの調子に戻りやがった！　ほんと、なんなのこいつ⁉

「冗談よ。本当は、もっとすごいことを計画しているのですもの」

「もっとすごいこと……だと……」

「ええ」

俺の腕を強く抱きしめ、妖艶《ようえん》な瞳を向ける虹彩寺《パンジー》菫。

おいおい、十八歳未満が禁止されている行為以上にすごいことって、いったいこいつは俺とどんなことを……

「ゲームセンターで、ジョーロ君と二人でお写真を撮るわ」

「しょっぼぉ！　想像を絶するしょぼさだな、おい！」

せめて、プリクラって言ってくんない⁉

ぜってぇゲーセンに行き慣れてねぇだろ、こいつ！

「失礼ね。私にとっては、壮大極まりない計画よ。ずっと、そうしたかったんですもの」

なんで、たかだかプリクラを撮るのが壮大になるんだっつうの。

わけのわからねぇ女だな……。

「ねぇ、いいでしょ？　私と貴方《あなた》は恋人同士なのだから」

魅力的な声色と共に、リズミカルに俺の腕を引く虹彩寺菫《パンジー》。

いったい、こいつが何を企《たくら》んでいるかは分からねぇが、

「……その前に、一つ寄りたい場所があるんだが、いいか？」

「構わないわよ、私もそこには会いたい人がいるしね」

くそ。次に俺が向かおうとしている場所も、把握済みかよ。

その時点で、もはや無駄な気はしてくるが、だとしても行かないわけにはいかねぇ。

本当は、そこに行くべきじゃないと思ってる。できることなら、行きたくない。

だとしても、行くしかねぇんだ。

三色院菫子《パンジー》の友達がいる……『ヨーキな串カツ屋』に。

※

「入らないのかしら？」

「絶賛、心の準備を整え中だ」

虹彩寺菫《パンジー》と再会した場所から歩くこと十五分。俺は目的地である『ヨーキな串カツ屋』に到着したが、いまいち覚悟が決められず入り口の前で足踏みしていた。

イヴの今日、ここではクリスマスパーティーをやっている。メンバーは、西木蔦《にしきづた》高校の図書室のみんなに、唐菖蒲《とうしょうぶ》高校の元生徒会長であるチェリーと現生徒会長であるリリス。

いるのが全員女の子だから、男の俺が入りづらいわけではない。

二学期の終業式に、俺はここにいる何人かの女の子達《たち》と……

「ん～！　ツバキちゃんの串カツ、美味《おい》しい！　これは、あまおうクリームパンにひってきするおいしさだよ！」

「ひまわり。そんなに慌てて食べなくても、沢山あるのですから大丈夫ですよ」

「サザンカちゃん、私が焼いた七面鳥も食べるの！　とってもとっても美味《おい》しいから、食べてほしいの！　はよ！　はよはよ！」


「………」

「もう！　分かったわよ、ヒイラギ！　そんなに急《せ》かさないでよね！」

「チェリーさん、ケーキのほうに近づかないほうがいいかな。怪我《けが》をすると危ないかな」

「あはは！　ツバキっち、何言ってるっしょ！　別にケーキに近づいても……しょぉぉぉ!!

い、痛いっしょぉ～」

「あぁ！　えっと……よかった。ケーキは無事か」

「コスモスっち！　うちよりケーキの心配をするなんて、ひどいっしょ！」

店内から聞こえてくる溌溂《はつらつ》とした声。本当に楽しそうな雰囲気が伝わってきた。

だけど、俺がこの中に入ったら、間違いなくその空気は壊れてしまう。

どうする？　やっぱり、やめておいたほうが……。

「失礼するわね」

「って、てめぇは何やってんだよ！」

まじ、こいつ何なの!?　メランコリックに浸ってたら、容赦なくドアを開けたんですけど！

「外にいたらジョーロ君が寒いと思って、暖を取れる環境を用意しようと思ったの。いわゆる一つの、小粋な心遣いというやつね」

「ほんと、とんでもない勢いで体温が上がったからね！　外にいたままで！」

つま先から頭のてっぺんまで、一気に熱くなったわ！

「おや？　今日は私達《わたしたち》の貸し切りのはずだが……あっ!!」

最初に俺の存在に気がついたのは、コスモスこと秋野《あきの》桜《さくら》。今日はクリスマスパーティーということもあってか、いつもは必ず持っている愛用のコスモスノートは確認できない。

「う？　コスモスさん、どうし……あっ！　ジョーロだ！」

「はぁぁ!?　ほ、ほんとに来たの!?」

続いて、幼馴染《おさななじみ》であるひまわりとクラスメートのサザンカが俺の姿を確認して目を見開く。

三学期になったら、嫌でも顔を合わせることになるのは分かっていたが……、まさかこんなに早く、また会うことになるなんてな……。

「よ、よう……。みんな……」

情けなく震えた声。とても自分の声だとは思えない。

なっさけねぇな……。なにやってんだよ……。

「「「………」」」

さっきまでのにぎやかさが嘘《うそ》のような沈黙。

やっぱり、来るべきじゃなかったのかもしれないと後悔の念に囚《とら》われていると、

「ヒイラギの焼鳥屋さんぶりですね、ジョーロ！」

素朴な笑顔のあすなろが、俺の目の前へやってきた。

きっと、俺や他のみんなに気を遣って、自分が代表して話を聞いてくれようとしてるんだ。

図書室メンバーの中で、俺がまだどうにか話せるのはあすなろだけだから。

「そう、だな……。悪い……」

「いえいえ、気にしないで下さい！　謝罪したうえでここに来たということは、貴方《あなた》にとってそれ以上に重要な用があるのでしょう？」

「ああ。どうしても、聞きたいことがあってさ……」

「分かりました！　何でも聞いて下さい！」

あすなろの返答と同時に、他のメンバーが一歩後ろへと下がる。

店内の奥にいるリリスが、やけに神妙な顔で俺を見つめている。

「あ〜、あのよ……。実は今日、パンジーと待ち合わせをしてたんだが、来なかったんだよ。で、何か知らねぇかと思って……」

「その件ですか……」

神妙な表情。それが、先程のサンちゃんとの電話を思い起こさせ、緊張感が高まる。

だけど、少しすると、

「もちろん、知っていますよ！」

再び、素朴な笑顔を浮かべたあすなろが、そう言ってくれた。

「本当か！　だったら、教えてもらえないか？」

「構いませんよ！　パンジーでしたら……」

覚悟を決めて来た甲斐《かい》があった！　これで、少しでもヒントが手に入れば——

「貴方《あなた》の隣にいるではないですか」

「は？」

安堵《あんど》をしたのも束《つか》の間《ま》、更なる混乱に叩《たた》き落《お》とす一言をあすなろが放った。

その指が示したのは、俺の隣に立つ女……虹彩寺菫《パンジー》だったのだから。

「い、いや、そうじゃなくてな……」

「ジョーロ。私が……いえ、私達《わたしたち》が知っているパンジーは彼女だけですよ？」

ちげぇだろ！　てめぇらが知ってるのは、虹彩寺菫《パンジー》じゃねぇ！　三色院菫子《パンジー》だ！

なのに、どうして……

「ありがとう……。それと、ごめんなさい」

「ふふっ。謝らなくていいですよ！　こうなった場合、私達《わたしたち》は協力すると『彼女』と約束していましたからね！」

くそっ！　三色院菫子《パンジー》のやつ、こっちにも話を通してやがったな！

私達《わたしたち》……そこに誰まで含まれているかは分からねぇが、恐らくここにいる連中は……

「ビ……パンジーちゃん、久しぶりだね！　元気してた！」

「ええ、もちろんよ。貴女《あなた》も元気そうね、ひま」

すこしぎこちない態度が目立つひまわりだが、それでも中学時代の同級生である虹彩寺菫《パンジー》と会えたのが嬉《うれ》しいのだろう。天真爛漫《てんしんらんまん》な笑顔で、仲睦《むつ》まじく声をかけている。

けど、ちげぇだろ……、ひまわり……。

てめぇは中学時代、虹彩寺菫《パンジー》を『ビーちゃん』って呼んでたじゃねぇか。

なのに今は……

「うん！　わたしは、元気いっぱいだよ！　パンジーちゃんとまた会えてすっごく嬉《うれ》しい！

これからは、もっともっといっしょにあそぼーね！」

「そうね。……色々問題はあるけど、そうなれたらいいと思っているわ」

「だいじょぶ！　ジョーロがいっしょなら、その問題はかいけつするよ！　もちろん、わたし
もきょーりょくする！　だって、わたしとパンジーちゃんは、お友達だもん！」

この台詞《せりふ》が全てを物語っている。

ひまわりも、間違いなくアイツ側についている。

「やぁ、パンジーさん。私は、秋野桜《あきのさくら》。コスモスと呼んでくれると嬉《うれ》しいな」

「ありがとうございます。それと、私のほうもちゃんと名乗らせて下さい」

語り掛けたコスモスに答えた後、虹彩寺菫《パンジー》はそこにいるメンバーを見つめて、

「ひまわり、あすなろ、コスモス先輩、ツバキ、ヒイラギ、サザンカ。……私がパンジーよ。

これから、よろしくお願いします」

そう言って、頭を深々と下げた。

「ははっ！　そんなに緊張しなくても大丈夫さ！　君は私達《わたしたち》の友達じゃないか！」

「ですね！　しおらしいパンジーなんて、パンジーらしくありません！」

「うん！　パンジーちゃんは、いつものパンジーちゃんが一番！」

「ん。よろしくかな」

「よろ、しく、なの……。……ま、まだちょっと怖いの！」

「ちょっと、ヒイラギ！　あたしの後ろに隠れないでよね！　まぁ、その……、よろしく。あたしは、真山亜茶花《まやまあさか》。……サザンカって呼ばれてるわ」

「……とても嬉《うれ》しいわ。本当に、素敵な人達《ひとたち》ばかりね……」

ついこないだまで、俺と三色院菫子《パンジー》にとって当たり前だった空間が、俺と虹彩寺菫《パンジー》にとって当たり前の空間になっているような錯覚。いや……、実際にそうなっている。

「ジョーロ君、すまないが用件が済んだのなら立ち去ってもらえないかい？　……正直に伝えさせてもらうと、今日だけは君と会いたくなかったんだ……」

立ち尽くす俺に、コスモスの冷たい言葉が放たれた。

「いや、そうですけど……その通りですけど……」

「もう敬語なんだね……」

「……ぐっ！」

コスモスの悲しい笑顔が胸をえぐる。

俺だって、こんなことしたくねぇんだよ！

みんなを傷つけて、もっと傷つけるようなことなんてしたくねぇ！

だけど、このままじゃ……

「ジョーロ君、すでに分かっていると思うけど、ハッキリと伝えておくよ」

凛々《りり》しさと覚悟を兼ね備えた、コスモスの声。

普段よりも大人びた私服を来ているのは……、もしかしたらコスモスなりの変化なのかもな。

「私は、パンジーさんの友人だ。だからこそ、『彼女』に協力をする。たとえ、君がどれだけ困っていようと助けるつもりはない。無論、味方につくつもりもないよ」

アイツから頼まれたから、そう言ってるのか？

それとも、本心でそう言ってるのか？

分からねぇ……。何も分からねぇままじゃねぇか……。

……くそっ！　だとしても、ここまで来て、何も分からずじまいで終われるか！

「ヒイラギ、ツバキ！　てめぇらは、何か話を……」

「ひっ！　し、知らないの！　私、何も言っちゃいけないの！」

「何も言えないかな」

「そんなこと言わないでくれって！　何でもいいんだよ！　少しだけでも……」

「うっ！　うぅぅぅ！　怖いのぉ～……」

「あんた、いい加減にしなさいよ。ヒイラギ、怖がってるでしょ？」

ほんの一瞬宿った希望を打ち消すように、サザンカが俺の目の前に現れる。

何となく、サザンカから『ジョーロ』と呼ばれないのが、無性に寂しかった。

そんな気持ちを抱くこと自体、間違ってるってのにな……。

「悪いけど、あたしもあんたに協力するつもりはないから。てか、あんたの態度、ひどすぎ。少しはパンジーの気持ちも考えてやったら？　自分のことばっかじゃん」

「うぐっ！」

なんなんだよ、これ……。やっと、三色院菫子《パンジー》に素直な気持ちを伝えて、沢山の奴《やつ》を傷つけて、恋人同士になれたと思ったのに、なんでこんなことになってんだよ？

誰でもいい、何でもいい。少しだけでいいから、何かヒントを……

「あっ！　リリスっち！」

チェリーの制止する声。だけど、それを振り切って俺の目の前にやってきたのはリリスだ。

相変わらず、前髪が長くて表情は分かりづらい。

リリスが近づいてきたと同時に一歩下がり、少しだけ俺から距離を取る虹彩寺菫《パンジー》。

そんな虹彩寺菫《パンジー》へリリスは一瞬だけ視線を送った後に、スマートフォンを俺に向けると、

『双花《ふたば》の恋物語《こいものがたり》』

そう書かれた画面を、俺にだけ見せてきた。

「それは……」

『双花《ふたば》の恋物語《こいものがたり》』。三色院菫子《パンジー》が俺に貸してくれた本だ。

双子の姉妹が、一人の男を愛する物語。初めは姉が恋に落ちて、次に妹が恋に落ちる。

姉の想《おも》い人《びと》に対して、自分も同じ気持ちを持ってしまったことに苦悩する妹だが、その気持ちを姉に看破され、優しく受け入れる姉。

そこから、二人と男の恋慕が始まると思いきや、そうはならない。

予想外の事故が起き、姉は妹をかばって意識不明の重体になるからだ。

そして、その間に妹は男と恋人同士になる。だけど、そこでハッピーエンドは訪れない。

なぜなら、最終的に男と結ばれるのは姉だからだ。妹は、あくまでも姉の身代わりとして男の恋人になり、姉の意識が戻ると同時に自分と姉を入れ替える。

男は妹を愛し、姉は妹として生き、妹はどこかへと姿を消して物語は終わりを迎える。

悲しいけど、優しい……三人の物語。

それは、まるで今の状況に酷似していて……


「エンディングは、貴方《あなた》次第」

スマートフォンではなく、声に出してリリスがそう言った。

「はいはーい！　それじゃ、話はここまでっしょ！　ごめんね、ジョーロっち！　今日だけは、うちも君の味方にはなれないからさ、大人しく引き下がってくれないかな？」

リリスと俺の間に体を割り込ませ、チェリーが申し訳なさそうな笑顔を向ける。

「ジョーロ君、私もそろそろここを移動するべきだと思うわ。だから……」

いつの間にか、再びそばに来ていた虹彩寺菫《パンジー》が、俺の服の裾を弱々しくつかむ。

つい先程までは、無理矢理にでも腕を組もうとしてきたのに、ここではそういった行動をとらないのは……こいつなりに、気を遣っているからなのだろう。

「……お願い」

今にも泣き出しそうな表情で、そう言った。

勘弁してくれよ。そんな顔をされちまったら……

「分かったよ。……みんな、邪魔して悪かった。それじゃあ……俺は行くから……」

俺は、本来であればここにいちゃいけねぇ人間だ。

三色院菫子《パンジー》の話が聞けないことは、もう十分に理解できた。

だったら、早く立ち去ったほうがいい。

「邪魔をしてごめんなさい。だけど……、会えて嬉《うれ》しかったわ」

その言葉を虹彩寺菫《パンジー》が誰に対して言っていたのか、俺には分からない。

分かったことは、今の俺の状況が『双花《ふたば》の恋物語《こいものがたり》』に酷似しているということ。

もしそうだとすると、俺は……

三色院菫子《パンジー》とは、連絡がつかない。

サンちゃんは、この件に関与をするつもりがない。

コスモス達《たち》は全員、『パンジー』の味方についている。

完全に八方塞がりだ。この状況で、どうしろっていうんだよ……。

「ごめんなさい、ジョーロ君。私のせいで、嫌な思いをさせてしまって……」

外に出ると同時に、今度は俺に対して虹彩寺菫《パンジー》が謝罪の意を示す。

「だけど、私はこうすることしかできない。だから、今日だけは貴方《あなた》のそばにいさせて……」

必死の懇願。なぜだか、その姿はアイツが俺に懇願しているようにも見えて、

「…………」

「ダメ、かしら？」

「はぁ……。分かったよ……」

俺は、どこか観念するようにそう言ってしまった。

「嬉《うれ》しいわ。本当に……とても……とても嬉《うれ》しいわ」

幸せをかみしめるような虹彩寺菫《パンジー》の声。同時に強く俺の腕をつかむ手。

だけど、そんな自分を俺に見られるのが照れくさかったのか、

「ふふふ……。それじゃあ、今度こそラブラブイチャイチャデートの開始ね。私ね、ジョーロ

君としたいことが沢山あるの。本当に……うんとうんとあるんですからね」

先程までの表情が嘘《うそ》だったかのような幸せそうな笑顔を、虹彩寺菫《パンジー》が俺へ向ける。

本当は、今すぐにでも三色院菫子《パンジー》を探しに行きたい。だけど、手掛かりがない以上、

「……で、どこに行くんだ？」

虹彩寺菫《パンジー》から、情報を得るしかない。

「……さっきも言ったのだけど、何度も伝えられるのも一つの楽しみだから許してあげるわ。でも、今度は忘れないでね？」

「ああ。悪かったよ……」

忘れないでね。……そういえば、中学校の卒業式で虹彩寺菫《パンジー》から『私を忘れないでね』って言われてたよな。もし、俺がちゃんと虹彩寺菫《パンジー》を覚えていたら、こんな状況にはならなかったのだろうか？　……何も分からない。

「今から私達《わたしたち》が行くのは、ずっとずっと貴方《あなた》と一緒に行きたかった……」

想《おも》いの強さが行動に表われるかのように、俺の腕を抱きしめる虹彩寺菫《パンジー》。

顔を俺の肩にうずめてから、少しすると顔を上げて、

「ゲームセンターでお写真、それに喫茶店よ」

その笑顔は、まるで自分が本物の『パンジー』だと伝えているような、不思議な魅力をもった笑顔だった。

【私達《わたしたち》の約束】


私にとって、一生の思い出となるであろう、中学一年生の夏休みは終わりを告げ、二学期が始まった。夏休み中は毎日のように会っていた私とビオラだけど、最近は日曜日だけ。

だけど、毎週日曜日は欠かさずに、必ずビオラと過ごしていた。

彼女と会う頻度が減ってしまったのは寂しいことだったけど、少しだけ安心した面もあった。

だって、ビオラったら「将来的に、私がジョーロ君と一緒に行く場所の下見へ行くわよ」と言って、色々な場所に私を連れて行くのですもの。

特に、二人でゲームセンターに行った時は大変だったわ。三つ編み眼鏡の女の子が二人でゲームセンターに行ったものだから、変な意味で注目を集めてしまったもの。

でも……、とても楽しかったわ。

そんな、やりすぎとも言える程に夏休みを満喫した私達《わたしたち》は、その代償として二人そろってお財布事情が厳しくなってしまい、最近はどちらかのお家《うち》で過ごす機会が増えていた。

「パンジー、私は大いなる一歩を踏み出したわ！」

私のお部屋で、三つ編み眼鏡を外した本当の姿のビオラが、自信満々の一言を発する。

私はビオラと会う頻度が減って寂しい気持ちしかなかったのに、ビオラは「やっとジョーロ君に会えるわ！」なんて、意気揚々と二学期を迎えたのだから不公平よね。

「何やら大したことのない予感しかしないけど、一応聞いてあげるわ」

「……パンジー。最近貴女《あなた》、少し口が悪いわよ？」

やや不機嫌な表情を浮かべて、ビオラが私を睨《にら》みつける。どうやら、私はビオラと長時間過ごしたことで、彼女ほどではないにしろ少しお口が乱暴になってしまったようだ。

「だとしたら、ビオラの責任だから、覚悟を決めて受け入れてちょうだい」

「何でもかんでも他人のせいにするなんて、愚かな人ね。他人の視線に怯《おび》えて、生まれたての山羊《やぎ》みたいに無様に震えていたというのに、どうしてこうなってしまったのかしら？」

やっぱり、ビオラのほうがひどいわ。私は、まだマシなほうよ。

「話が逸《そ》れているわ。それで、どうしたのかしら？」

「ふふっ。よくぞ聞いてくれたわ」

得意げな表情で、ビオラが少しだけ私のほうへ体を近づける。

「なんと、ジョーロ君に私の作ったお菓子を渡せたのよ！」

感情的な叫び。これもまた、私とビオラの違いだ。

よく似ている私達《わたしたち》だけど、ビオラは時折感情的に大きな声を出す時がある。

私は、あまり大声を出すのは得意ではないし、ここまで感情を表に出すこともないから、彼女のこんな一面が羨ましくもある。

「あら、それはよかったじゃないの。私も苦労してお菓子作りを教えた甲斐《かい》があったわ」

「その件に関しては、深く感謝しているわ。……ありがとう、パンジー」

「どういたしまして、ビオラ」

相変わらず、如月《きさらぎ》君との距離は縮められていないビオラだけど、何とか彼と近づくために彼女が考えた作戦が、『自分の作ったお菓子を渡すこと』。

彼女がこれを言い出した時は、本当に困ったわ。

だって、ビオラったら一度もお菓子作りの経験がないのに、こんなことを言い出したのよ？　どうするつもりって聞いたら、「パンジーが教えてくれるから、問題ないわ。ジョーロ君に喜んでもらえなかったら、貴女《あなた》のせいだから丁寧に教えてちょうだいね」なんて、面倒なことも責任も全部私に押し付けてきたの。

未経験者に、最初から丁寧に教える。

初めての経験で、とても大変だったけど……とても楽しかったわ。

「この結果から鑑《かんが》みるに、私とジョーロ君がキャピキャピハッピーな恋人同士になるのは、時間の問題と言っても過言ではないわね」

「過言のような気しかしないわ」

相変わらず、ひどいセンス……。

「そんなことないわよ。いっぱい気持ちを込めて作ったんですもの。きっとジョーロ君なら、その気持ちを感じ取ってくれるはずよ」

そんなわけないでしょう——その言葉は、ビオラの幸せな笑顔に阻《はば》まれた。

彼女のこんな笑顔が見られるのは、如月君《きさらぎ》の話をしている時だけ。

その事実が、私に複雑な想《おも》いを宿らせる。……だって、そうでしょう?

ビオラと一番仲が良《い》いのは、間違いなく私。そして、私にとって一番大切な人はビオラ。

だけど、ビオラにとって一番大切な人は私じゃない。如月君《きさらぎ》だ。

どうして学校でも滅多に話さない人に、誰よりもビオラと一緒にいる私が負けなくてはならないのかしら?

「恋心って不公平ね……」

「ふふふ。パンジーも誰かを好きになれば理解できるわよ」

私の気持ちを察したビオラが、どこか上機嫌に言葉を弾ませる。

「ビオラを見ていると、恋をした時にやってはいけないことは色々と理解できるわね。いい加減、素直に気持ちを伝えたらどうなのかしら?」

「それは無理ね。私は、臆病者だもの」

胸を張って言う言葉じゃないわね……。

「情けない人ね」

「さっきの繰り返しになるけど、パンジーも誰かを好きになれば理解できるわよ」

「有り得ないわね。私だったら、好きになった瞬間、すぐに気持ちを伝えるわ」

「……ジョーロ君を好きになるのは禁止よ」

どうしてそうなるのかしら？　本当に、ビオラの独占欲の強さには困ったものだわ。

それに、すごく嫉妬深い。毎日毎日、ビオラからの『ジョーロ君が○○と話してる！』、『ジョーロ君が○○さんを見ていた』なんて、軽くストーカーじみたメッセージに対応しなければいけない私の気持ちも考えてほしい。

何とか、如月《きさらぎ》君の女好きを矯正できないものか？　そんな風に考えたこともあった。

「大丈夫よ、ビオラ。私が、男の子が苦手なのはよく知っているでしょう？」

「ええ。私もそうだったから、心配なのよ」

ビオラが、ここまで私に対して『ジョーロ君を好きにならないで』と言う理由は、私達《わたしたち》が似ているから。喋《しゃべ》り方《かた》だけでなく、境遇や考え方も似ているからこそ、ビオラは私をお友達として信用しながらも、女の子として一番警戒する。

だけど、その気持ちを包み隠すことなく伝えてくれることが嬉《うれ》しかった。

「私としては、心配なのはビオラのほうなのだけどね」

「どうしてかしら？」

「だって、言わないんですもの。お菓子を渡した時の、如月《きさらぎ》君の反応を」

「……うっ！」

分《わ》かり易《やす》くビオラが顔をしかめた。

「まさかとは思うけど、如月君《きさらぎ》に直接渡さずに、彼の親友の大賀君《おおが》に『これ、二人で食べて』なんて言って渡していないわよね？」

「その可能性は否定できないわ」

はぁ……。やっぱり、そうなのね……。

本当に、ビオラは恋が絡《から》むとなるとどこまでも臆病になるわね。

「その行動は色々な意味で危険よ。貴女《あなた》の気持ちを誤解される可能性があるわ」

「だ、大丈夫よ！　他の人達《ひとたち》に『私が大賀《おおが》君を好き』と誤解されても、特に支障は……」

「その『他の人達《ひとたち》』に如月《きさらぎ》君が含まれる可能性は、もちろん考慮しているわよね？」

「……しているわよ。……で、でも、仕方ないじゃないの！　ジョーロ君に直接渡して、嫌がられたら……死ぬわ」

大袈裟《おおげさ》だけど、本当にやりかねないから恐ろしいわね……。

「彼の偽りの性格を考慮すると、嫌がりはしないのではないかしら？」

「甘いわよ、パンジー。私はジョーロ君を観察し続けた結果、その表情や動きから本当はどんなことを考えているか、多少は見抜ける力を備えたのだから」

とても無駄な能力を身につけてしまっているみたいね。

「根本的な、『誤解される』という問題を忘れている気もするわよ。それに、大賀《おおが》君に『二人で食べて』なんて……彼に勘違いされたら、それこそ深刻な事態を招くのではないかしら？」

「それなら、大丈夫よ。大賀《おおが》君は、学校で女の子に大人気ですもの。だから、私になんて興味を持つはずがないわ。……あわよくば、ひまと付き合ってくれれば……」

「その顔、絶対に如月《きさらぎ》君に見せないほうがいいわよ」

悪だくみをする歪《いびつ》な笑顔。折角の綺麗《きれい》な顔が、台無しだ。

ビオラが中学校で最も警戒しているのが、如月《きさらぎ》君の幼馴染《おさななじみ》の日向葵《ひなたあおい》さん。

元気いっぱいで、誰とでも気さくに話すとても可愛《かわい》らしい女の子だそうだ。

如月《きさらぎ》君の悪口は今までに何度も聞いてきたけど、ビオラが日向《ひなた》さんの悪口を言っているところは聞いたことがない。それほどまでに、日向《ひなた》さんは『できた人間』ということだろう。

だけど、だからこそビオラにとって日向《ひなた》さんは警戒の対象となる。彼女が如月《きさらぎ》君と恋人同士になったらどうしようという言葉は、耳にタコができるくらいに聞いた。

「大丈夫よ、この顔はパンジーにしか見せないもの」

「そう」

端的な返事と共に、心の中で拳を握り締める。

如月《きさらぎ》君にすら見せない、自分だけのビオラとの絆《きずな》を確認できたからだ。

「もしかしたら、大賀《おおが》君に相談するのは一つの手段かもしれないわね。彼はジョーロ君ととても仲が良《い》いし、誰にでも分け隔てなく接してくれる。そんな彼なら……」

ブツブツと、自分の恋愛計画をつぶやくビオラ。

本当に、私はビオラが羨ましい。

彼女は学校にお友達と呼べる人はほとんどいないけれど、それでも中学校生活を謳歌《おうか》している。

だけど、私は違う。毎日望まない感情をぶつけられて……

「そんなに辛《つら》いの？　貴女《あなた》の通っている中学校は……」

私の表情から気持ちを悟ったのか、先程までの浮かれた調子とは違う、優しい声色でビオラが私へ語り掛けてくれた。

「そう、ね……。高校生になったら、ビオラから教えてもらったあっちの格好で通うつもりだけど、それを誰にも知られないためにも、中学校は……」

本来の姿で通わなくてはならない。

結果として一番の苦労は今でも継続していて、頭を悩ませる毎日だ。

「どうしていいか分からないの。私を助けようとしてくれている人はいるのだけど……」

「あら、それは素敵なことじゃない！　私の時は誰も助けてくれなくて、自分の力で解決するしかなかった。でも、助けてくれる人がいるなら、素直に甘えていいと思うの！」

私はビオラのこういうところも、尊敬している。

彼女は、自分が『弱者』であることを受け入れて、正直に他人からの施しを受ける。

でも、私には難しい。つい、プライドが邪魔をしてしまって受け入れられない。

もちろん、理由はそれだけではないのだけど。

「ねぇ、パンジー。貴女《あなた》を助けようとしてくれている人は、男の子？」

「ええ。純粋に、本当に純粋に善意だけで私を助けてくれようとしている男の子よ」

「なら、その人にそばにいてもらいなさいよ！　そんな素敵な人なら、恋をするかもしれないじゃない！　いえ……むしろ、したほうがいいわ！　『パンジーが安心して中学校に通える』、『パンジーがジョーロ君を好きにならない』。一石二鳥よ！」

何となく、二鳥目にビオラの気持ちが強くこもっている気はしたけど……。

「……難しいわね」

「あら？　どうしてかしら？」

「裏の気持ちが分からない人なの。だから、女の子からの本当の気持ちに気がつけない。悪い人ではないけど、私はそういう人は……」

「前言を撤回するわ。私も、そういう男は反吐《へど》が出るほどに嫌悪感《けんおかん》を抱くもの」

そこまでは思っていなかったのだけど……、ビオラの毒はやはり強烈だ。

「そんな藻屑《もくず》にも劣る男に恋をする必要はないわね。利用するだけ利用してやればいいのよ」

本当に、ビオラは自分が嫌悪感《けんおかん》を抱いた相手には容赦がない。

ある意味、ハッキリしているのだけど、ハッキリしすぎているのも考えものよね。

「それができれば、気持ちも楽になるのだけどね……」

でも、私にはそれができない。彼……葉月《はづき》君は、本当に純粋な善意だけで私を助けようとしてくれている。その善意をないがしろにするなんて、とてもできないわ……。

「……大丈夫よ、パンジー。中学校までの間だから……」

ビオラが、私を優しく抱きしめる。

「……ありがとう、ビオラ」

我慢をするのは、中学校を卒業するまで。それまでの間、我慢をすれば……

「あっ！　閃《ひらめ》いたわ！」

「何をかしら？」

私を抱きしめながら、ビオラが弾んだ声を出す。

「ねぇ、パンジー。高校生になったら、私と同じ学校に通わない？」

「ビオラと同じ学校に……」

私の胸の中に、今までにないほどの高揚感が沸き立ってきた。

「そうよ！　そうしたら、私がジョーロ君やひま、それに大賀《おおが》君を紹介するわ！　みんな、とても素敵な人だから絶対に貴女《あなた》も仲良くなれる！　それで、みんなで毎日一緒に過ごすの！」

ふと、瞼《まぶた》を閉じて想像してみる。図書室にいる三つ編み眼鏡の私。だけど、一人じゃない。そこにはビオラや他の素敵な人達《ひとたち》もいて、毎日楽しいお話をして過ごす。

もし、そんなことが実現できるのなら、

「とても素敵なお話ね」

「でしょう？　だから、同じ高校に行きましょ！　私と……西木蔦《にしきづた》高校に！」

西木蔦《にしきづた》高校。それは、この辺りでは中くらいの成績の生徒が通う高校だ。

ビオラはお勉強ができる。私もお勉強はそれなりに得意だけど、ビオラと比べたらまるで話にならない。そんな彼女が、どうして学力としては中堅の西木蔦《にしきづた》高校を？

「ビオラの成績なら、この辺りで一番名門の唐菖蒲《とうしょうぶ》高校にも通えると思うのだけど……」

「何を言っているの？　そんないい高校をジョーロ君が受けるわけないじゃない」

やっぱり、如月《きさらぎ》君か。

はぁ……。珍しく私を優先してくれたと思ったら、やっぱり最優先は如月《きさらぎ》君なのね。

でも、それに嫉妬をするのはもうおしまいにしないといけないわね。

だって、高校生になったらお友達になるかもしれないもの。

そうしたら、私も彼のことをこう呼ぶのかしら？

ジョーロ君って。

第二章

俺はデートをする

高校二年生のクリスマス・イヴ。

俺は、アイツをこれからも『パンジー』だと思うべきか分からなくなってしまった……。

だって、そうだろ？　本来であれば、クリスマス・イヴはアイツと過ごす特別な日になるはずだったのに、俺が共に過ごすことになったのは中学時代の同級生である虹彩寺《こうさいじ》菫《すみれ》。

そして、虹彩寺《こうさいじ》菫《すみれ》は自らを『虹彩寺菫《パンジー》』と名乗り、俺の恋人として現れた。

まだ再会してからさほど時間は経《た》っていないはずなのに、まるで自分が本物の『パンジー』であると証明するような行動を取る虹彩寺菫《パンジー》。

対して、姿も見せず、連絡もいっさいつかないアイツ。

西木《にしき》蔦《づた》の図書室のみんなも、虹彩寺菫《パンジー》を『パンジー』として受け入れている。

だったら、今まで俺が過ごしてきたアイツは誰なんだ？

「時代が動いたわね……」

「間違いなく逆方向にな」

「時には、過去を振り返ることも大切だと思うの」

虹彩寺菫《パンジー》の要望通り、ゲームセンターへ向かった俺は二人でプリクラを撮ることに。

『さぁ、一緒にお写真を撮りましょ』

プリクラをお写真と言っている時点でそうだろうと思ったが、案の定虹彩寺菫《パンジー》は、こういった場所に来た経験があまりなかったようで、やけにたどたどしい動きが目立っていた。が、それを俺に気づかれたのが恥ずかしかったようで、『三年前はちゃんとできたわ』とむくれた表情で告げてきた。

「ふふ……っ。やっと、ジョーロ君と二人でおしゃ……プリクラが撮れたわ」

現在地は喫茶店。

正面には、ゲーセンで撮ったプリクラをやけに幸せそうな笑顔で見つめる虹彩寺菫《パンジー》。

この状況だけなら、非常に和やかであることこの上ない。

「ジョーロ君は、誰かと二人でプリクラを撮った経験はあるのかしら？」

プリクラから視線を俺に。

ほんのわずかな上目遣いが、妙に可愛《かわい》らしい。

本来とは違う状況であることも、俺が一番会いたい奴《やつ》が別にいることも分かっている。

だけど、やっぱり目の前にいる虹彩寺菫《パンジー》はとんでもなく可愛《かわい》い女の子で、そんな子と二人きりで過ごしていることに何も感じないわけがなくて……。

「……どうだったかな」

自分の中から沸き立つ別の気持ちに飲み込まれないよう、俺は冷たい声を出す。

アイツと二人で撮った経験……あったかな？

そんなことすら思い出せない自分が、何だか恐ろしくなる。

まるで、少しずつアイツのことを忘れているような錯覚を感じたからだ。

「何も教えてくれない人は嫌いよ」

「そっくりそのまま返せそうな台詞《せりふ》だな」

ホットココアを一口。少し熱い。

この喫茶店のオススメは紅茶らしいのだが、俺も虹彩寺菫《パンジー》もそれを頼むことはなかった。

オススメなのにどうして頼まない？　私の一番はもう決まっているわ。

奇《く》しくも、同じ考えだったようだ。

「……つまらないわ」

僅かな間をおいて、虹彩寺菫《パンジー》が不平を漏らした。

「なんでだよ？　てめぇがやりたかったことに付き合ってるじゃねぇか」

「だって、ジョーロ君が私を見てくれないんですもの。それに、まだ一度も名前を呼んでくれていない。好きな人に優しくしてもらえないのは……さみしいわ」

怒るのではなく、落ち込む。

狙ってやっているのか分からないが、その効果は絶大で、

「……悪かったよ」

つい、俺に謝罪の言葉を選ばせてしまうのであった。

「ジョーロ君。私が求めている言葉は、それではないわ」

分かってるよ。だけど、そう簡単にできる話じゃねぇんだ……。

俺にとって、『パンジー』は……

「せめて、『菫《ビオラ》』じゃダメか？」

「仕方ないわね。そっちもジョーロ君がくれた名前ではあるし、今だけは我慢してあげる」

「助かるよ。……ビオラ」

「どういたしまして。……ふふっ」

ただ、名前を呼んだだけ。

それだけで、こんなにも幸せそうな表情をするのは、アイツでは経験のなかったことだ。

「ねぇ、ジョーロ君。これから私達《わたしたち》がスーパーイチャイチャラブリーな恋人として過ごしていく上で、必要なことがあると思うの」

「前提条件がおかしい気はするが、一応聞いておこう」

あと、表現が猛烈にダサい。

「まずは、お互いのことを知るべきじゃない？」

「普通は、付き合う前に済ますべきではないか？」

「そうとは限らないわよ。貴方《あなた》だって、知らないことは沢山あったでしょう？」

「…………」

その通りだ。俺は、分かっているつもりになっていただけで何も分かっていなかった。

アイツのことを……。

「だから、今日は教え合いっこをしない？」

「悪くない提案だな」

「ふふっ。決まりね」

俺がこの提案に乗ったのは、虹彩寺菫《バンジー》のことを知れば、アイツに辿《たど》り着《つ》ける可能性を感じたからだ。……他に何も手掛かりがない以上、そこにすがるしかないのが、まるで全てこいつの手の平の上で転がされているようで恐ろしくはあるが。

「何でも聞いてくれていいわよ。言い出しっぺは私だもの」

「ビオラは、今まで何をしてたんだ？」

アイツとは、どんな関係だ？

その質問が喉から飛び出すのをこらえ、俺はこっちの質問を選んだ。

今、虹彩寺菫《バンジー》が求めているのは、自分を知ってもらうことだと思ったから。

「その質問で正解よ。私のことを分かってくれて嬉《うれ》しいわ」

前に、アイツからも似たようなことを言われたな……。

傍若無人で、毒舌で、とんでもなく面倒なアイツが、極稀《ごくまれ》に見せる小さな笑顔。

その笑顔を見るのが、俺は好きだった。

そして、それとよく似た笑顔を、目の前の虹彩寺菫《パンジー》が浮かべている。

「質問の答えとしては、『何もしていない』が正しいわね。本当に何もしていなくて、学校にも通えていなかったの。だから、留年が決定してしまったわ」

虹彩寺菫《パンジー》としても不本意な結果だったのだろう。

表情を見て、すぐに分かった。

「えーっと、それは結構なことだと思うんだが、どうしてそんなことに？」

「興味ある？」

「……一般的な感性でな」

期待の眼差《まなざ》しを向けられ、反射的に僅かな抵抗をしてしまった。

何となく、そのまま目を見つめ合うのは危険だと判断した俺は、ホットココアを飲むことで視線をそらした。ちょうどいい温度だ。

「なら、教えてあげないわ」

「教え合いっこをするのでは？」

「ええ。だから、次はジョーロ君の番よ。貴方《あなた》は、今まで何をしていたのかしら？」

情報が欲しいなら、情報をよこせってことか。

しかし、この質問は妙だな。

もし、虹彩寺菫《パンジー》がアイツと繋《つな》がっているのなら、すでに俺の情報なんて……

「私が聞いたのは、西木蔦《にしきづた》にいるお友達のお話だけよ。だから、ジョーロ君が今年になって経験したことは何も知らないの」

「そうですかい……」

思考を先読みした虹彩寺菫《パンジー》の言葉に抱いたのは、奇妙な違和感。もしも、アイツが最初からこの状況を想定していたとしてたら、どうして俺の話は伝えていないのだろう?

疑問は増えていくばかりだ。

「早く教えてほしいわ」

しかも、その疑問を解決させることもできないってんだから、厄介な話だ。

……いいさ。教えてやるよ。

「別に大したことは……いや、してたな。多分、普通の高校生らしくない経験をしていた」

「例えば、どんな経験かしら?」

そう言われて、俺は今までのことを思い出す。

「最初にあったのは、恋愛相談だな。とある二人の女の子から、ある男と付き合えるように協力をしてほしいって頼まれたんだよ」

「それが誰かは、聞いていいのかしら?」

「俺以外のプライベートに関わるから、ダメだ」

「つまり、二人の女の子がひまとあのお店にいた女の子の誰かで、男の子が大賀《おおが》君ね」

「分かってても、気づかないふりをしてもらえるとありがたいのだが？」

これだから、エスパーは厄介なんだよ。

「嫌よ。私、もう後悔はしたくないの。だから、思っていること、感じていること全部ジョーロ君に伝える。そう決意しているわ」

「後悔？」

いったい、虹彩寺菫《バンジー》は何を言っているんだ？

別に、こいつが後悔することなんて……

「私に勇気があれば、私がちゃんと伝えていれば、こんなことにならなかったかもしれない。中学時代に自分の力だけで、ジョーロ君に気持ちを伝えていれば……」

「…………」

もし、中学時代に虹彩寺菫《バンジー》から気持ちを伝えられていたら、俺はどうしていただろう？

それも、あの片三つ編み眼鏡の姿ではなく、今の姿だったら……。

考えるまでもねぇ。

あの頃の俺は、とにかく可愛《かわい》い女の子と付き合いたかった。

加えて、普段は騒がしいひまわりと過ごす時間が多かった分、虹彩寺菫《バンジー》と過ごす落ち着いた時間は、何だか居心地が良くて……嫌いじゃなかったよな……。

「ジョーロ君。もし、私が中学時代にこの姿を見せて、貴方《あなた》へ気持ちを伝えていたらどうなっていたかしら？」

「……大喜びで受け入れてただろうな」

ホットココアを一口。少し温《ぬる》くなってきたな……。

「ふふふっ。そうだったのね。教えてくれて、ありがとう」

その笑顔は、今まで見た虹彩寺菫《バンジー》の笑顔の中で一番綺麗《きれい》な笑顔だった。

くそ。ごまかしは通じないと思って、正直に伝えたが……失敗だ。

「そうしたら、私はジョーロ君と恋人同士になれて、私も西木蔦《にしきづた》高校に通えていたのね……」

「ビオラは、うちの高校に通いたかったのか？」

「当たり前じゃない。だって、ジョーロ君とひま、それに大賀《おおが》君がそこにいたもの」

「な、なら……どうしてこなかったんだよ？」

つい恥ずかしさに質問を飲み込みそうになったが、何とか捻《ひね》り出《だ》した。

中学時代、虹彩寺菫《バンジー》は抜群に勉強ができた。

だから、テスト前はよく俺と一緒にひまわりとサンちゃんに勉強を教えてくれた。

常に学年で上位の優等生。虹彩寺菫《バンジー》の成績だったら、西木蔦《にしきづた》くらい楽勝だったはずだ。

「私は、ジョーロ君達《たち》のそばにいるべきではないと思ったからよ」

どういうこっちゃねん。中学時代、俺は虹彩寺菫《バンジー》に対して特別な感情は抱いていなかったが、別に嫌悪感《けんおかん》を持っていたわけでもない。むしろ、一緒にいて楽しかった。

ひまわりとサンちゃんだって、虹彩寺菫《パンジー》のことを嫌っていなかった。

なのに、どうして……

「本当に色々上手《うま》くいかないわね……。もし、中学校の時にひまが大賀《おおが》君に気持ちを抱いていれば――なんて、自分にとって都合のいいことを考えてしまうわ」

唯一分かったことは、今の状況が虹彩寺菫《パンジー》にとっても、都合のいいものではないということだけ。本来は、違う未来を見ていたのだろう。

「そうしたら、とても楽しかったと思うの。自分に好意を抱いていると思ったひまに、まさかの恋愛相談をされて悶絶《もんぜつ》するジョーロ君。そんなジョーロ君の異変に気がついて、『ここだ！』と気持ちを打ち明ける私。そこから二人で協力して、問題を解決していくなんて考えたら、ワクワクしてしまうわ」

まさに、高校二年の一学期にアイツと経験したことだな……。

やさぐれていた俺に、容赦のない一撃をぶちかました上に『秘密をバラされたくなかったら、図書室に来い』って脅してきて……、本当に最悪な出来事で、最高の思い出の一つだ。

「ねぇ、ジョーロ君。貴方《あなた》が経験したことはそれだけ？」

「いや、違うよ。……次にあったのは、三股疑惑事件だな」

「なぜ、私というものがあって、そんなことに？」

虹彩寺菫《パンジー》の瞳が鋭くなる。

「その怒り方もおかしい気はするけどな！」

「私は、身も心もジョーロ君に捧《ささ》げているのよ。こんな美少女にここまでされておきながら他の女の子に手を出すなんて、脳の腐り具合が尋常じゃないわ。耳の穴から、蛆《うじ》でも湧いて出てくるのではないかしら？」

「もはや、人として生きてられねぇ体だろ、それ！」

話していて思うのだが、虹彩寺菫《パンジー》の毒舌は、アイツよりもエッジが利《き》いている気がする。

「てか、実際に三股をかけたわけじゃねぇんだって！」

なぜ、俺はこんな言い訳じみたことを……。

「なら、詳しく教えてもらってから判断するわ」

声のトーンがめっちゃ怖い。何か、結局俺が自分の事情ばっか話す羽目になってる気がするが、逆らう根性がないのが俺の情けないところである。

「ちょっと西木蔦《にしきづた》の事情が絡《から》むんだがな、うちの学校で花舞展《かぶてん》っつうダンスイベントがあるんだよ。一人の男子が、三人の女の子と代わる代わるダンスを踊るってイベントな」

「私も、ジョーロ君と一緒にダンスを踊りたかったわ……。中学校の時、ダンスの授業でペアになれなくて、本当に寂しかったんですからね」

恨めしい表情を虹彩寺菫《パンジー》が向ける。

中学のダンス。あの時、俺は誰とペアになったんだっけな？

確か、ペアが組めずに困っている女の子がいて、周りのポイント稼ぎも兼ねて率先してその子とペアに……ん？　てか、なんで虹彩寺菫《パンジー》はペアが組めたんだ？

ダンスは男女ペアだった。虹彩寺菫《パンジー》は仲《い》の良い男子なんてほとんどいなかったし、普通なら俺が周囲のポイント稼ぎっていう汚い考えで……

「私が、大賀《おおが》君の優しさに唯一困惑した時よ」

そうだ。サンちゃんが、虹彩寺菫《パンジー》を誘ったんだ。当時の俺は、虹彩寺菫《パンジー》を助けるためにペアを組んだと思っていたけど、きっとあの時のサンちゃんは……

「でも、本当は『優しさ』ではなかったわね……。私が、私のことばかり考えて気づけなかった気持ち。何度も気づけるチャンスがあったはずなのに、私は何も見ていなかったわ……」

それは、虹彩寺菫《パンジー》の心から出た後悔の言葉なのだろう。

もしかして、虹彩寺菫《パンジー》は中学時代のサンちゃんの気持ちに気づいていなかったのか？

そして、どこかのタイミングで気づいちまって……いや、やめておこう。

もう終わったことなんだから。

残り少なくなってきたホットココアを飲む。もう、ほぼ常温だな……。

「話が逸《そ》れてるから戻すぞ」

「ええ。そうしてもらえると嬉《うれ》しいわ」

この話をこれ以上続けるのは、虹彩寺菫《パンジー》としても不本意だったようだ。

「花舞展《かぶてん》は、抽選で選ばれた男子一人と、推薦で選ばれた女子三人がダンスを踊る。……んで、たまたま俺が抽選で選ばれたことがきっかけで――」

「今後は余計なことをしないよう、脳へ物理的に釘《くぎ》を刺すしかないわね……」

「せめて、最後まで聞いてから判断してくれない⁉」

冒頭の説明だけで、とんでもないことを言い出してるんですけど!

「判断したわよ。……つまり、ジョーロ君が花舞展《かぶてん》のメンバーに選ばれたことを快く思わなかった女の子がいたのでしょう？ ……いえ、正確にはジョーロ君が選ばれて、自分が選ばれなかったことを快く思わなかった女の子かしら？ そして、その子がジョーロ君と一緒に花舞展《かぶてん》に参加するために、貴方《あなた》が三股をしているという偽《にせ》の情報を流したのよね？ 推薦で選ばれた、他の女の子達《たち》が辞退するように」

エスパー能力がえげつねぇな!

毒舌だけじゃなくて、こっちまでアイツ以上かよ……。

「そこまで分かってんなら、物理的に釘《くぎ》を刺す必要はねぇだろ……」

「ジョーロ君、私は独占欲が強いわ。だから、貴方《あなた》が他の女の子から恋愛感情を抱かれるのは、あまり歓迎したくないの」

「かといって、俺の扱いがひどくない⁉」

別に、俺だってこんなことになることを望んでいたわけでは……。

いや、嬉《うれ》しい気持ちもあったけどよ。

「仕方ないじゃない。ジョーロ君に好意を抱く女の子ということは、私と趣味が合う、とても仲良くなれそうな素敵な女の子ですもの。……そんな子にひどいことができない以上、ジョーロ君にせざるを得ないわ」

「君が我慢するって選択肢はないわけ⁉」

「我慢は体に毒だもの」

「てめぇの存在が、俺にとって毒と化しているよ！」

「毒を食らわば皿まで……。まさか、ジョーロ君も十八歳未満が禁止されている行為を……」

「ちっげぇから！」

まじ、何なのこのポジティブシンキング！

ありとあらゆる屁理屈《へりくつ》を並べて、自分にとって都合のいい解釈をしやがるな！

「というより、なぜジョーロ君は高校生になって、いきなり人気者になってしまったのかしら？　中学時代は、性格は悪くないけど恋愛感情を抱かれない程度の人気者になってしまう、ラブコメ主人公のお友達みたいな立場だったじゃない」

「君は俺を傷つけずにはいられないの？」

「精一杯、甘えているだけよ。今まで抑えていた気持ちを思い切りジョーロ君にぶつけているんですからね。……ふふっ」

俺のストレスと反比例するように自分の幸福値を上昇させる、このやり取り。

……もう、十分に分かっていることだが、本当にアイツとそっくりだ……。

「ねぇ、他にジョーロ君はどんな経験をしてきたの？」

好奇心に満《み》ち溢《あふ》れた虹彩寺菫《バンジー》の声。

その気持ちに応えてやりたい。そんな感情が、俺の中に確かに芽生えている。

「……他には……、あぁ、アルバイトを始めたな」

「どうして、腎臓を売らなかったのかしら？」

「どうして、その結論に至ってしまったのかしら!?」

「だって、アルバイトなんて始めたら、私と過ごす時間が減ってしまうじゃない。普通、そこは涙を飲んで二つある腎臓のうちの一つを……」

「そこまで、身を粉にできるか！　とにかく！　ちょっとした事情で金が必要になったから、アルバイトを始めたんだよ！」

「ちょっとした事情とは何かしら？」

「借りた本をダメにしちまったんだ。んで、買い直すのに結構な金が必要になったんだよ」

本当は、この説明にアイツの名前を付け加えるべきだったかもしれない。

だけど、虹彩寺菫《バンジー》にその名前を告げることは、まだ早いような気がして俺はあえて省略した。

「まったく……。本をダメにしたからって買い直すなんて、本当にジョーロ君は安直な考えに至るのね。私だったら、自分の宝物よりもジョーロ君と過ごす時間のほうがよっぽど大切な宝物なのだから、絶対に反対していたわ」

アイツも、俺がアルバイトを始めるのにはすげぇ反対してきたな。

本は買い直さなくていい。それよりも、図書室で自分と過ごしてほしいって……。

結局、俺が意地になってアルバイトを始めたが……、あの時のアイツとの喧嘩《けんか》はいつもの喧《けん》嘩《か》とは違って……しんどかったな……。

「なら、てめぇがどれだけ反対しても、俺が首を縦に振らなかったらどうしてた？」

きっと、こいつが『パンジー』なら……

「もちろん、この姿を利用して誘惑していたわ。ジョーロ君のお家《うち》に行って、こっそりお部屋で待ち構えておくの。他には……そうね。ジョーロ君の趣味に合わせた格好をしていたかもしれないわ。私にとっての最優先は、ジョーロ君だもの」

「……そっか」

思った通りの答えが返ってきて、ますます俺の中の『アイツ』と、目の前にいる『パンジー』が同じ人間に見えてくる。もしかして、本当はアイツから話を聞いているのか？

だから、こんなにも同じ言葉を……

「ジョーロ君。さっきも言ったけど、私は貴方《あなた》のお話は何も聞いていないわよ。……ただ、もしその場に私がいたら、そういう行動を取っていたと考えてお話ししているだけ」

「何も言ってねぇだろうが……」

「顔に書いてあったんですもの。ふふ……」

だろうな。分かってたよ……。

「つか、そろそろビオラの話を聞かせてくれよ」

これ以上、俺の話を続けるのは危険だ。

ますます、虹彩寺菫《パンジー》とアイツが重なっちまう気がする。

「私の話なら、さっきしたじゃない。『何もしていなかった』って」

「ま、そうだな……」

虹彩寺菫《パンジー》は、嘘《うそ》をつかない。

この言葉も真実で、本当に『何もしていなかった』んだろう。

だけどな……俺は、アイツとの付き合いで色々と学ばせてもらってるんだよ。

『パンジー』は嘘《うそ》をつかない。それでも……

「それは、いつからの話だ？」

真実を真実で隠す女なんだよ。

「ふふ……っ。本当にジョーロ君は、私のことをよく分かってくれているのね。まさか、ここまで見抜いてくれるなんてすごく嬉《うれ》しいわ」

嬉《うれ》しそうな表情を浮かべる虹彩寺菫《パンジー》。

まるで、俺がアイツと過ごしてきた時間は、今この時のためにあったかのような言い方だ。

違う。そんなはずはない。アイツとの時間は、俺とアイツの時間だ。

必死に、自分へ言い聞かせた。

「高校二年生から、何もしていなかったの」

「なら、高一の時の話を聞かせてくれよ」

「ジョーロ君みたいに、刺激的な経験はそんなにしていないわよ。中学生の時と同じように図書委員をやって、普通に過ごしていただけだもの」

虹彩寺菫《パンジー》が図書委員をやっていることは、予想ができた。

本人も言っているが、中学時代も虹彩寺菫《パンジー》はずっと図書委員を務めていたからだ。

そうだとは思っていたんだが……、やっぱりよく似てるんだな。

「いいや、そんなにってことは、少しくらいは刺激的な経験があったのか？」

「そうね。一人ではなく、他の図書委員の人達《ひとたち》と一緒に図書室で過ごしていたから、私にとっては少し刺激的だったわ」

そういや、中学時代の虹彩寺菫《パンジー》はいつも一人で図書室にいたよな。

だけど、高校時代からはそうじゃなくなった。

「友達はいたのか？」

「ええ。もちろん」

少し誇らしげな態度で、虹彩寺菫《バンジー》はそう答えた。

それが聞けてよかったよ。だったら……

「そいつは、学内の生徒か？」

前にアイツは、『中学時代に別の学校に友達がいた』と俺に言っていた。

もしかして、その相手ってのは……

「ふふっ。本当にすごいわ。こうして話しているだけで、どんどんジョーロ君が好きになっていってしまうじゃない」

「い、いいから、早く教えてくれよ……」

余計なオプションを入れるのは、本当に勘弁してくれって……。

「一番のお友達は、学外の子。区の図書館で知り合って仲良くなったの」

やっぱり、そうだ。

ようやく……、本当にようやく、アイツに辿《たど》り着《つ》くことができたぞ。

虹彩寺菫《バンジー》とアイツは、中学時代に知り合って友達になったんだ。

「なら、その友達のことを教えてくれよ」

「ジョーロ君、それは私に興味を持って聞いてくれているのかしら？　それとも、私のお友達に興味をもって聞いているのかしら？」

「うっ！　そ、それは……」

しまった……。今は、虹彩寺菫《バンジー》のことを知らなきゃいけねぇのに、アイツの姿がほんの少し見えた瞬間、俺は……

「今回だけは許してあげる。だけど、次はとても怒るわ」

「悪かったよ……」

辿《たど》り着《つ》いたと思ったら、また遠のいちまったな……。

仕方ねぇ。もう一度、虹彩寺菫《バンジー》の高校一年の時の話を……

「私の学外のお友達のことだけどね――」

「って、教えてくれるんかい！」

まさかの優しさが飛び出してきたな！

「もちろんよ。私のとても大切なお友達の話だもの。是非、ジョーロ君にも聞いてほしいわ」

「お、おう……」

アイツなら、自分に都合の悪いことだったら『言いたくないから言わない』っていう暴論で最終的に俺を黙らせるんだが、虹彩寺菫《バンジー》は違うようだ。

けど、本当にそうなのか？　この話題は、虹彩寺菫《バンジー》にとって都合が悪いともいえる内容だ。それを話すってことは、もしかして虹彩寺菫《バンジー》は自分の通っている高校を……。

「名前は教えてあげないけど、とても綺麗《きれい》な女の子だったわ」

やっぱり、アイツだ。

虹彩寺菫《バンジー》も俺が誰のことかを分かっていて、あえて名前を言ってないのだろう。

「私の人生で、あの子より綺麗《きれい》な女の子には、まだ出会ったことがないわね。だけど、とても情けない子だった」

「情けない？」

「ええ。言いたいことも言えなくて、ただ怯《おび》えて嘆くだけの子。……だけど、その姿が昔の私と重なって、彼女とならお友達になれると思ったの」

俺の知ってるアイツは、言いたいことはハッキリ言って文句を言いまくる女だ。

でも、それは高校時代のアイツで……

「仲良くなって以来、週に一度は必ず会っていたわ。彼女の相談に乗ったり、私の相談に乗ってもらったり、本当にお互いのことをよく理解していたと思うの」

「ビオラは、どんな相談をしてたんだ？」

「もちろん、ジョーロ君のことに決まっているじゃない」

「俺のことって……」

直接言われると、こうむずがゆいというか……。

「だって、とても悩んでいたのですもの。もし、私以外の女の子がジョーロ君の魅力に気がついたらどうしよう？　私以外の女の子が、ジョーロ君と恋人になったらどうしようって……」

つまり、アイツは俺のことを以前から知っていたということか？

けど、そんな素振りを見せたことは一度も……。

「幸い、ジョーロ君が中学時代に取っていた策が愚策だったからよかったけど……」

「しんみりがてら、俺を傷つけないでもらえない⁉」

「もしも、ジョーロ君が本気で恋人を作りたかったのなら、しっかりと一人に絞って堂々とアピールをすればよかったのよ。……と言っても、ジョーロ君は恋人が作りたいというよりは、『複数人の美少女からチヤホヤされること』を目指していたけど」

「やめて！　ほんと、恥ずかしいからやめて！」

まさにその通りですけど！　だって、なりたかったんだもん！　ラブコメ主人公に！

「でも、実際にそうでしょう？　加えて言えば、『誰かを傷つけないため』に本性を隠していたところもあったわよね？」

「うっ！　そ、そこまで分かってたのかよ……」

俺が本性を偽った理由は、二つ。

一つが、女の子から人気者になるため。そして、もう一つが……小学校の頃の失敗からだ。

「ええ。気づけたのは、中学二年生になってからだけどね。中学一年生の頃は、本当にただ女の子の人気者になるために『弱者』を演じる産業廃棄物だと思っていたわ」

「君、本当に俺が好きなの？」

「もちろんよ。中学校一年生の夏休み以来、ずっと大好きよ」

なぜ、そのタイミングで？　夏休みなんて、別に……

「中学一年生の地区大会の決勝戦。あの日は、私にとってかけがえのない特別な日よ」

「出たよ、特異点！　またそこか！　いや、正確にはちょっと違うけど！」

「ジョーロ君、貴方《あなた》は何を言っているのかしら？」

「ま、まぁ、色々あって、『地区大会の決勝戦』という言葉と『ベンチ』に過敏な反応を示す体になってしまっていてな。……あっ！　言っておくが、くれぐれもベンチに座るんじゃねぇぞ！　これだけは、絶対に守れ！　いや、守ってくれ！　頼む！」

「そもそも喫茶店にベンチなんてあるわけ――」

「ヤツをなめるな！　いついかなる時、どんな場所にでもヤツは現れるんだ！」

「わ、分かったわ……」

俺の剣幕が激しかったのが原因か、虹彩寺菫《パンジー》がややたじろいだ。

「それで、その友達とは、ずっと会ってたのか？」

「ええ。中学校の時はもちろん、高校生になってからも毎週日曜日は、『彼女』と過ごす時間。その日が、一週間のうちで私にとって一番楽しみな日だった」

「毎週日曜日は、絶対、だと？」

「そうよ。毎週日曜日は、絶対よ」

おかしくねぇか？　俺はアイツと過ごしている間、日曜日にも会う日はあった。

もし、アイツと虹彩寺菫《バンジー》が毎週日曜日に会っていたのだとしたら……。

「お互いに色々と影響を与え合っていたのでしょうね。よく『彼女』から、『貴女《あなた》のせいで、自分まで口が悪くなってしまった』と文句を言われたわ。私は、『彼女』が私の格好を真似《まね》たのがきっかけだと思っているのだけど、そこだけは頑《かたく》なに認めなかったわね。……ふふっ」

「……そっか」

俺が求めている答えには、まるで辿《たど》り着《つ》けていない。

だけど、虹彩寺菫《バンジー》の話を通して、アイツのことが少しずつ理解できてきた。

きっと、アイツのあの性格の根幹に存在したのは、

「そろそろ、私のことを分かってくれたかしら？」

今、目の前にいる虹彩寺菫《バンジー》なのだろう……。

そういや、一学期の終盤に俺が「三つ編み眼鏡になったのは、ホースに見つからないためか？」って聞いたら、「それが全部ではない」って言ってたよな。

きっと、他の理由は……

「まぁ、それなりにはな」

最初は、虹彩寺菫《バンジー》はわざとアイツに似せてきているのではないかと疑った。

だけど、そうじゃない。この二人は、本当に似ているんだ。もちろん、容姿は違う。

二人ともとんでもない美人であるという共通点はあるが、似ても似つかない姿だ。

ただ、性格や考え方は……瓜二《うりふた》つだ。

「なら、次のステップに進みましょうか」

「次のステップ？」

その先に、アイツが待っているのか？　言葉は喉の奥で止まった。

「そうよ。もういい時間でしょう？　だから、今日はここまでにしましょ」

「次のステップに行く前に終了したんですけど!?」

いや、まぁ、確かにもう二十時だけどさ！

遅いかどうかで言うと、微妙なところじゃん！　高校生的には遅いけど！

「安心してちょうだい。ちゃんと、続きがあるから」

「……明日も会えとか言うんじゃねぇだろうな？」

「違うわよ。明日から大晦日《おおみそか》まで、毎日私と過ごしてほしいわ」

「むしろ、悪化したな！　……つか、なんで大晦日《おおみそか》までなんだよ？」

「その日が、私の誕生日だからよ」

「……マジか」

偶然ってのは恐ろしいもんだな。まさか、誕生日までアイツと一緒だなんて……。

「……さすがに、そこまで毎回予定を考えるのはしんどくねぇか？」

「予定は未定のほうが素敵じゃない？」

「どうなるか分からなすぎるのは、あまり歓迎したくない」

「ジョーロ君と私が、イチャイチャするという結果は決まっているのだけど？」

「より一層、歓迎したくなくなったわ！」

「もう。照れ屋さんなんだから」

なんかクネクネし始めた。

ビジュアルはいいくせに、動きが絶妙にダサくてとても残念である。

「なら、こうしましょ」

「どうすんだよ？」

「高校二年生になってから、ジョーロ君が経験してきたことを、私にも経験させてほしいわ。同じ思い出を貴方《あなた》と作りたいの」

「同じって……」

いったい、誰と同じ思い出か……なんて、聞くまでもねぇか。

「さすがに、完璧に同じことはできねぇと思うんだが……」

「大丈夫よ。あくまでも、似たことができればいいだけだもの。というわけで、明日は二人で図書室に行きましょ」

「西木蔦《にしきづた》のか？」

「いずれは行きたいと思っているけど……、まずは区の運営する図書館からにしましょ」

「なんでそんな場所に……」

「そこが、私達《わたしたち》にとって始まりの場所だからよ」

「…………」

「どう？　少し行きたくなってきたでしょう？」

本当に、こいつは俺を手の平の上で転がすのが抜群にうまいやつだ。

んなこと言われたら……

「分かったよ」

断れるわけがねぇじゃねぇか。

「ふふっ。ありがとう」

最初は、虹彩寺菫《パンジー》にとって始まりの場所である区の図書館。そこに二人で行くってのは……、
俺とアイツが過ごしてきた図書室の思い出を経験してみたいって意図もあるんだろうな。

「だけど、大晦日《おおみそか》は私だけの特別な日にしてね。可能であれば、熱烈な口づけを所望するわ」

「無茶を言うな」

「あら？　十八歳未満が禁止されている行為よりは、簡単だと思ったのだけど？」

「そもそも比較対象がおかしい」

「残念。でも、絶対にさせてみせるわ。ジョーロ君は私にキスをする。これは、絶対なのだか

ら。……ふふっ」

「う、うっせぇな……。つか、帰るならさっさと行くぞ」

何となく、虹彩寺菫《バンジー》の顔を真《ま》っ直《す》ぐに見るのが恥ずかしくなった俺は、急いで立ち上がり、喫茶店の出口を目指した。

「ふふっ。相変わらず、照れ屋さんなのだから」

※

「わざわざ駅まで送ってくれるなんて、優しいわね」

「その理由は、察してもらえると幸いだ」

「分かっているわ。私とのイチャリックタイムを少しでも延長したかったのよね」

「てめぇが、喫茶店を出るなり人の手を掴《つか》んで放さねぇからだよ！」

最初から送らせる気満々だったうえに、わけのわからんダサい時間に突入させるな。

「なら、私が手を繋《つな》がなかったら、駅まで送ってくれなかった？」

「……多分な」

嘘《うそ》だ。仮に手を繋《つな》がれなかったとしても、俺は虹彩寺菫《バンジー》を駅まで送っていたのだろう。

何のために？　アイツのヒントを少しでも手に入れるため？　虹彩寺菫《バンジー》ともっといるため？

やべぇな……。段々、自分でも分かんなくなってきやがった。

「相変わらず、素直じゃないんだから」

「うるせぇ」

「でも、そんなところも好きよ」

「もっとうるせぇ」

ほんと、どうすりゃいいんだ？

結局、今日は一日中虹彩寺菫《パンジー》に振り回されて、これといった進展はなし。

この調子だと、明日も……

「明日は、二人で図書館に行ける。……楽しみにしていてね、私なりにジョーロ君に喜んでもらえることをいっぱいしてみせるから」

「俺のためより、自分のためを優先する気しかしないぞ」

「ふふっ。そうかもしれないわね」

クリスマス・イヴ。本来隣にいるはずだったアイツじゃない虹彩寺菫《パンジー》が隣にいる。なのに、一緒に過ごしている時の感覚は、アイツとそっくりで……。

「楽しい時間はあっという間ね。もう駅についてしまったわ」

「そうだな」

「じゃあ、ジョーロ君。また明日」

繋《つな》いでいた手を放して、駅の中へと消えていく虹彩寺菫《バンジー》。

消えた感触に感じる名残惜しさを少しでも薄れさせるために、俺はその姿が見えなくなるまで、ずっと見つめ続けていた。

もし、このまま大晦日《おおみそか》までに、アイツに会えなかったら……、

「もうダメかもしれねぇな……」

そんな予感が、俺の中に確かに生まれた。

【私達《わたしたち》の未来】

青天《せいてん》の霹靂《へきれき》とも言える、ビオラとの出会いから二年。

私達《わたしたち》は、中学三年生になっていた。

この二年間で、如月君《きさらぎ》とビオラの関係は大きな進展を……していればよかったのだけど、世の中そんなに甘くない。最大の成果は、『テスト前に、一緒に勉強するようになった』程度で、如月君《きさらぎ》とビオラの関係は、(ビオラ曰《いわ》く)仲の良《い》い友達レベルだ。

本当に、恋愛に関してビオラは情けないことこの上ない。

私が、「貴女《あなた》の本当の姿を見せたら、上手《うま》くいくのではないかしら?」と提案をしても、「私は外見じゃなくて、自分の内面を好きになってもらいたい」とそれらしい言い訳をした後に、「もしかしたら、ずっとみんなを騙《だま》していたと思われて、嫌われるかもしれないわ……」と考えすぎともいえる本音を吐露する。

少しでもマイナスに成り得る要素があると判断したら、ビオラは一切行動をしないのだ。

そんな彼女の進展しない恋愛相談に乗り始めてから二年。如月君《きさらぎ》の話を聞き始めて二年。

私は一度も会ったことはないのに、如月君《きさらぎ》に対して奇妙な親近感を抱いていた。

でも、そんな彼の姿は想像の中でしか描けたことがない。

私は未《いま》だに如月《きさらぎ》君と会ったことも、写真などでその姿を見たこともないのだから。

日向《ひなた》さんや大賀《おおが》君の写真は見たことがある。とても明るく可愛《かわい》らしい女の子と、運動が得意そうな元気な男の子だった。でも、如月《きさらぎ》君は想像だけ。

――どうして、如月《きさらぎ》君の写真は見せてくれないのかしら？　心配しすぎだと思うけど？

――高校生になった時、最初の楽しみは必要でしょう？

意地悪でも嫉妬でもなく、本心でビオラはそう言っていた。

まったく、そんなにハードルを上げたら、如月《きさらぎ》君がかわいそうよ。本当に仕方のない人ね。

でも、許してあげるわ。

もうすぐ、私達《わたしたち》は中学校を卒業する。

そして、高校生になったら、私とビオラは西木蔦《にしきづた》高校に通うの。

きっと、そこには如月《きさらぎ》君や日向《ひなた》さん、大賀《おおが》君がいて……、ビオラはやっぱり如月《きさらぎ》君に素直な気持ちをぶつけられず、蓄積された不満を私に爆発させるのだろう。

そんな如月《きさらぎ》君とビオラのちょっとおかしなラブコメディを、私は『友人A』という立場で、一番近くで見続ける。想像しただけで胸が高揚する、とても素敵な未来だわ……。

——中学三年　十月　第三週　月曜日。


その日、ビオラから連絡が来た。今から、私のお家《うち》にやってくるという。

時刻は十八時三十分。ちょうど、学校が終わった後だろう。

毎週日曜日に必ず会っている私とビオラだけど、時折こんな風に平日にも会う日もあった。

そういう時は、決まってビオラに何かがあった日。

本人としては大事《おおごと》だけど、私からすると些事《さじ》な内容が多かった。

如月君《きさらぎ》といつもより沢山話せた、如月君《きさらぎ》が別の女の子と仲良くしていた、如月君《きさらぎ》が（ビオラ的に）素敵なことをしてくれた。

その時々に応じて、様々な感情を爆発させるビオラ。

よく似ている私達《わたしたち》だけど、ここだけは明確に違う。

ビオラは、私よりも感情的。

いつか私も彼女みたいに感情を爆発させてみたい——なんて憧れを密《ひそ》かに抱いている。

どんな感情であれ、気持ちをそのまま表わすビオラはとても魅力的だから。

さて、今日はいったい、何を私に報告するつもりかしら？　——という疑問を普段なら持つのだけど、今日に関しては当たりがついていた。

昨日の日曜日、ビオラと話していたものね。

『大賀《おおが》君に自分の気持ちを打ち明けて、協力してもらう』

きっかけは、私の言葉。

この二年間で、牛の歩みよりも遅い進展しかしない如月《きさらぎ》君とビオラの関係に業を煮やした私が、「もう中学校も終わりよ。このままの関係で西木蔦《にしきづた》高校に進学してしまったら、私が如月《きさらぎ》君に恋をするかもしれないわね」と伝えた。

もちろん、そんなつもりは微塵《みじん》もない。あくまでも、ビオラを焚《た》きつけるための言葉。

そんな思惑には気づいていたでしょうけど、それでも感情に逆らえないのがビオラだ。

私の作戦は大成功。「それだったら、明日にでも行動を起こす！」と宣言させた。

ただ、さすが恋愛に関しては臆病者のビオラよね。

てっきり本当の姿を見せて告白すると思ったら、「大賀《おおが》君に自分の気持ちを打ち明けて、協力してもらう」なんて言い出すのだもの。

……正直に言えば、少しだけ不安があった。以前から、ビオラは如月《きさらぎ》君に直接話しかけるのが恥ずかしいあまり、大賀《おおが》君に頼る傾向があったからだ。

それは、良くない誤解を生む可能性がある。何度も感じていたことだ。

特に気になったのが、ビオラの中学校で行われたダンスの授業。

『男女ペアだし、誰とも組めない私をジョーロ君は放っておかないはずよ！』

ある意味正解で、ある意味不正解の情けないビオラの作戦は、予想外の形で失敗した。

大賀《おおが》君が、ビオラをダンスのペアに誘ったのだ。

それも、ただ誘ったわけではない。

何人もの女の子から声をかけられていたにもかかわらず、全て断ってビオラとペアを組んだ。

この時も私は、「もしかして……」と感じてビオラにも伝えたのだけど、「ただ、優しいだけよ」と、作戦に失敗したビオラから不貞腐《ふてくさ》れた答えが返ってきた。

だから、私はその言葉を信じるしかなかった。

どれだけ彼女と友好関係を築こうと、私は部外者だ。

如月《きさらぎ》君も、日向《ひなた》さんも、大賀《おおが》君も、ビオラから聞いた話でしか知らない以上、ある一定の範囲までしか介入することはできない。

高校生になれば、私もその中に入れるのに……。そんな不満を持つことは、何度もあった。

でも、そんな不満を持つのはここまで。

いつまでも心配してないで、間接的ではあるけど一歩前に進んだ彼女を迎えないと。

今日のビオラは、どんな状態で現れるかしら？

協力を得られて大喜びで来るか、失敗して不貞腐《ふてくさ》れてやってくるか、はたまた怒り狂って現れるか？　できれば、三番目は避けてほしいわ。あのビオラは、とても面倒だもの。

そんなことを考えながら、彼女を迎えると……

「どうしよう！　どうしよう、パンジー！」

見たことのないビオラが、現れた。

「私が間違ってた！　私が傷つけた！　私が歪《ゆが》めた！　どうしよう……、どうしよう⁉」

ビオラが泣いている。すでに、涙を流し始めてから時間が経《た》っているのだろう。

いつもの綺麗《きれい》な瞳が真っ赤になっていて、眼《め》の周りが腫れている。

「お、落ち着いて、ビオラ。何があったか、教えてちょうだい」

言葉ではどうにか冷静さを保てた私だけど、心は乱れていた。

……嫌な予感がする。どうか間違っていてほしい。

そう願うけど……

「大賀《おおが》君が……、大賀《おおが》君の好きな人は、……私だった」

その願いは、叶《かな》うことはなかった。

「うぅ……！　き、気づくべきだった！　もっとちゃんと、大賀《おおが》君を見るべきだった！　なのに、私はジョーロ君ばかり見てて……、全然気づかなくて、パンジーに言われても違うって、頑《かたく》なに認めなくて……」

私の体に思い切り抱き付いて、顔を胸にうずめるビオラ。

伝わってくる震えが私にも伝染して、自分の体までも震え始める。

見えてしまっているからだ。私にとって、最も避けたい未来が。

嫌よ……、そんなの嫌……。お願い、やめて……。

「ど、どうして気づいて、しまった、の？」

本当は聞きたくない。だけど、聞かなくてはいけない。

大丈夫、ただの杞憂《きゆう》よ。それに、この質問だけで最悪の未来には辿《たど》り着《つ》かないわ。

必死に訴える。

「お、大賀《おおが》君に相談したの……。『ジョーロ君が好きだから、協力してほしい』って……」

「協力を断られた、わけではないのよね？」

ビオラが私の胸で、首を縦に振る。

「協力してくれるって言ってくれたわ。でも……でも、その時の大賀《おおが》君の表情が……」

あぁ、やっぱりそうなのね……。

「笑っていたの……。すごく悲しい笑顔で……すごく悔しそうな笑顔で……」

大賀《おおが》君なりに、必死に自分の気持ちを隠そうとしたのだろう。

ビオラの望む男を、演じようとしたのだろう。

だけど、隠し切ることができなかった。溢《あふ》れさせてしまったんだ。

自分の中に生まれた、新しい感情を。

「だ、大丈夫よ、ビオラ……。大賀《おおが》君は協力してくれると言ってくれたのでしょう？　貴女《あなた》は、いつも自分本位に行動していたじゃない。だから、今回も……」

「できないわよ！」

ビオラが叫ぶ。

分かっていた……。分かっていて尚《なお》、私はこの言葉を選んだ。

大賀《おおが》君のためでも、如月《きさらぎ》君のためでも、ビオラのためでもなく、……自分のために。

自分にとって、最も嫌悪《けんお》する未来を避けるために。

「大賀《おおが》君はとても優しい人！　ジョーロ君にとって、一番大切な人！　そんな人とジョーロ君の絆《きずな》を私が歪《ゆが》めてしまった！　ジョーロ君の一番大切な絆《きずな》を、私が歪《ゆが》めてしまった！」

「な、なら……、二人の絆《きずな》を元に戻しましょ。大丈夫よ、まだ時間はあるわ……」

今は十月。あと四ヶ月ある。高校受験まで、あと四ヶ月ある。

だから……

「どうやって？」

端的なビオラの言葉に、返事ができない。

私は、まともなお友達なんてビオラしかいない。

人間関係については、ド素人《しろうと》もいいところだ。

だけど、考えなくてはダメ。絶対に、答えを導き出さないとダメ。

考えなさい、考えなさい、考えなさい、考えなさい。必ず、方法はあるはずよ。

深呼吸をする。気持ちはまるで落ち着かない。

「わ、私が如月《きさらぎ》君と大賀《おおが》君と会うというのはどうかしら？　少し乱暴だけど、ちゃんと大賀《おおが》君の気持ちを如月《きさらぎ》君に伝えてもらえば、もしかしたら……」

「今まで会ったことも話したこともない貴女《あなた》が、突然そんなことを言っても混乱するだけよ」

その通りだ。私は、部外者。如月《きさらぎ》君の姿を知らず、大賀《おおが》君や日向《ひなた》さんの姿だってビオラから写真で見せてもらっただけ。

そんな私がいきなり現れて、『思ってることを正直に伝えたほうがいい』なんて言い出しても生み出されるのは混乱だけ。分かっていた、分かっていたの……。

「素直に如月《きさらぎ》君へ想《おも》いを告げるのは、どう、かしら？　一度、一つの気持ちを整理する機会を作れば、もしかしたら……」

「さっき、できないと言ったわ……。ジョーロ君と大賀《おおが》君の絆《きずな》を歪《ゆが》めたまま、私だけが自分のやりたいことをするなんて……絶対に、できない」

ありもしない希望にすがるも、当然のように失敗する。

混乱する思考のまま、私は今後の展開について予測を立てた。

きっと、大賀《おおが》君はビオラのために、如月《きさらぎ》君と恋人関係になれるよう協力してくれるだろう。

胸の内に渦巻く気持ちに、苦しみながらも。

だけど、どれだけ大賀《おおが》君に協力してもらおうと、ビオラが如月《きさらぎ》君に想《おも》いを伝えることはない。

如月《きさらぎ》君の一番大切な絆《きずな》を歪《ゆが》めたまま、自分の気持ちを貫くことなんてできないからだ。

彼女にとっての最優先事項。それは、『如月《きさらぎ》君と大賀《おおが》君の絆《きずな》を元に戻すこと』。

どうやって？　ビオラにできることは、何もない。

この問題で、一番重要なのはビオラの気持ちだ。

彼女の気持ちが、如月《きさらぎ》君に向いている以上、大賀《おおが》君は苦しみ続ける。

全部、分かっているの……。それでも、何かを考えるしかない。何かを提案するしかない。

急いで……急いで次の案を考えなさい。ビオラが気づく前に……。

「……っ」

ビオラの体が、揺れた。

「一つだけ……。一つだけ、思いついたわ……」

「……ダメ。……ダメよ。……それだけは、絶対にダメ！」

自分自身の感情の爆発。いつかビオラみたいに感情的になってみたいとは思っていた。

その憧れは、最低のタイミングで訪れる。

自分の無力さを嘆くかのように、訪れる未来を拒絶するかのように、私は叫んだ。

「ダメよ！　その方法はダメ！　ビオラ、あと少しなのよ？　あと少しで、私達《わたしたち》は中学校を卒業して、同じ高校に通うの！　私と貴女《あなた》で西木蔦《にしきづた》高校に……」

「ごめんなさい、パンジー」

やっぱり、そうなのね……。

「私は、西木蔦《にしきづた》高校に行かないわ……」

大袈裟《おおげさ》な考え方だし、普通ならこんな結論には至らないだろう。

だけど、私とビオラはよく似ている。それゆえに、分かってしまった。

たとえ考えすぎであろうと、ビオラがこの結論に辿《たど》り着《つ》いてしまうことが……。

「私がいなければいいの。私が離れれば、二人の絆《きずな》はこれ以上悪化しない。私がそばにいなければ、いつか大賀《おおが》君も私のことを忘れる。歪《ゆが》みは残ってしまうかもしれないけど、壊れることはないわ。だから、私は西木蔦《にしきづた》高校に行くわけにはいかない」

「お、大袈裟《おおげさ》よ、ビオラ。そこまで思いつめることじゃないわ。だから……」

「私はダメなの……。分かってしまったの……。私は自分の気持ちしか分からない、他人の気持ちが分からない、考えることもしない。……だけど、ジョーロ君は違うわ。彼は、いつも周りの気持ちを考えて、自分の気持ちよりも他人の気持ちを優先する人。こんな私が、他人の気持ちを考えられない私が、彼のそばにいてはダメ」

「そんなことないわ。ビオラは私を助けてくれたじゃない。貴女《あなた》がいてくれたおかげで……」

「利害が一致しただけよ……。私は、お友達が欲しかったから貴女《あなた》とお友達になったの。私に余裕があったから、貴女《あなた》を助けたの。でも、ジョーロ君は違う。たとえ自分に余裕がなくても、どれだけ自分が苦しんでも誰かを助けられる……」

まるで、私とビオラの友情までも否定されているような気持ちになった。

たとえそうだとしても、私を助けてくれた事実は変わらないのに。

とても感謝しているのに……。

「私はジョーロ君が好き。ジョーロ君が自分を苦しめてでも誰かを助けるのなら、私はそんなジョーロ君を助けたい。ジョーロ君に、迷惑をかけたくない……」

どうして？　どうして、如月《きさらぎ》君の都合でビオラが我慢しなくてはいけないの？

ビオラ、いつもみたいに我侭《わがまま》になって。貴女《あなた》は、そんな人じゃないわ。

傍若無人で、自分の都合ばかりを考える人じゃない。

「だから、私は唐菖蒲《とうしょうぶ》高校に通うわ」

「……っ！」

本当に最悪の未来だ。

唐菖蒲《とうしょうぶ》高校。この辺りでは名門と評判で、学力やスポーツで優秀な成績を収めた生徒が入学する高等学校。ハイレベルな学校だけど、ビオラの学力なら問題なく合格できるだろう。

私も、少し努力は必要になるけど、何とかならなくはない。

だけど、唐菖蒲《とうしょうぶ》高校にはいるの。

去年、私の中学校を卒業した、私を知っている……桜原桃《さくらばらもも》先輩が。

そして、恐らく来年には、私が最も避けたい相手である葉月《はづき》君やその周囲の人達《ひとたち》も、唐菖《とうしょう》蒲《ぶ》高校に通うことになるだろう。彼らの会話からそれを推測することは容易だった。

つまり、私にとって最も避けるべき高校。決して通うわけにはいかない高校。

ビオラはそれを知ってなお、唐菖蒲《とうしょうぶ》高校を選んでいる。

その理由は……

「お願い、パンジー。西木蔦《にしきづた》高校に通って……。ジョーロ君と大賀《おおが》君の絆《きずな》を元に……」

全て、如月《きさらぎ》君のためだ。

「私にはできないから。私には元に戻せないから……。貴女《あなた》にしか、お願いできないの」

「……嫌よ」

どうして？　どうして、私がそんなことをしないといけないの？

私は、高校生になったらビオラと同じ学校に通うの。

二人で図書委員をやって、毎日ビオラと図書室で過ごす。

相変わらず、如月《きさらぎ》君に対して素直になれないビオラを励まして……、ようやくビオラが如月《きさらぎ》君と恋人になって、そんな二人を私は笑いながら見つめる。

ううん、私だけじゃない……。

私とビオラ、二人で勇気を出して他の子に声をかけて、色々な人達《ひとたち》とお友達になるの。

それで、仲良くなった人達《ひとたち》と集まって、みんなでお昼ご飯を食べる。

ご飯が終わったら、私の作ってきたお菓子を披露して、如月《きさらぎ》君が美味《おい》しそうに食べるのを見て、ビオラが不貞腐《ふてくさ》れたり……。そんな、素敵な未来……。

だから、西木蔦《にしきづた》高校にはビオラがいなくちゃダメ。ビオラがいないとダメなの。

「ビオラと一緒にいたいわ」

願いは、言葉となって溢《あふ》れた。

私はビオラと一緒にいたい。たとえ、葉月《はづき》君や周りの人がいたとしても、本来取ろうとしていた策がとれなくなったとしても、ビオラと一緒にいたい。だから、

「私も唐菖蒲《とうしょうぶ》高校に通うわ。西木蔦《にしきづた》高校になんて……」

「大丈夫よ。西木蔦《にしきづた》高校には、ジョーロ君と大賀《おおが》君だけじゃなくて、ひまもいるわ。ひまは、すごく素敵な女の子よ。きっと、貴女《あなた》も仲良くなれる」

「ビオラがいないと、意味がないわ……。私は、ビオラと一緒がいいの……」

「……ごめんなさい。約束をしたのに……約束を破って……ごめんなさい……」

どうして、私の願いは叶《かな》わないのだろう？

どうして、ビオラの願いは叶《かな》わないのだろう？

ただ、大切な人と同じ学校に通いたいだけ。

そんな簡単な願いすら、叶《かな》えることができないの？

私もビオラも、もう十分にひどい経験はしてきたじゃない。

なのに、どうして……。

「………」

自分の心が、歪《いびつ》に変化していくのが分かる。私の中に、毒が生まれた。

私もビオラも、一番そばにいたい人のそばにいられない。

その原因は、全て如月雨露《きさらぎあまつゆ》だ。

「パンジー、お願い。西木蔦《にしきづた》高校に……」

逆恨みなのは分かっている。理不尽な気持ちであることは分かっている。

それでも、私は如月雨露《きさらぎあまつゆ》が許せなかった。

彼がビオラの気持ちに気づいてくれれば、こんなことにならなかった。

彼がビオラを見てくれていれば、こんなことにならなかった。

私にとって、最良の未来を消し去り、最悪の未来を到来させた如月雨露《きさらぎあまつゆ》。

これまで、私は沢山の男の人に嫌悪感《けんおかん》を抱いてきた。でも、如月雨露《きさらぎあまつゆ》への感情は別。

憎悪《ぞうお》だ。

「本当に……いいのね？」

「いいわ。……お願い、パンジー」

ビオラの体がこれ以上ふるえないように、ビオラの心がこれ以上傷つかないように、私は優しく……優しくビオラの体を抱きしめる。だけど、そこにはもう一つの意図があった。

今の自分の顔をビオラに見せないために、私は彼女を抱きしめたのだ。

許さない……。私の大切なお友達をこんなに悲しませておきながら、本人はそのことにすら気づかず安穏とした日常を過ごしているなんて、絶対に許さないわ。

仲良くなんてなるものですか。

貴方《あなた》みたいな人をビオラが好きになるなんて、何かの間違いよ。

だから、私が助けないといけない。私が、ビオラを守らないといけない。

そのためには……

「私は、西木蔦《にしきづた》高校に通うわ」

そう決意した。

私の大切な、世界で一番大切なお友達を傷つけた如月雨露《きさらぎあまつゆ》。苦しめた如月雨露《きさらぎあまつゆ》。

そんな男が、ビオラに好かれる価値なんてあるはずがない。

大賀《おおが》君との絆《きずな》？　ビオラをこんなに悲しませて、自分だけ何も知らずに大切なものを守ってもらえるなんて、不公平よ。

だから、壊してやる。如月雨露《きさらぎあまつゆ》にとって、一番大切な大賀太陽《おおがたいよう》との絆《きずな》を徹底的に破壊する。

もう二度と元に戻れないくらい、歪《いびつ》に。

「ありがとう……」

普段なら気づかれていたのだろうけど、今の混乱したビオラは、私の心中に気づかなかった。

たった一つだけ起きた、自分にとって都合のいい展開に胸をなでおろす。

「ふふ……。気にしないでいいわよ。私のほうが、ビオラにいっぱい助けてきてもらったんですもの。だから、これは一つの恩返しよ」

私は、ちゃんと笑えているのだろうか？　自分で、自分の気持ちが分からない。

「本当に、ごめんなさい……。ごめんなさい、ごめんなさい、ごめんなさい、ごめんなさい、ごめんなさい……」

胸の中で謝り続けるビオラ。

それはいったい、誰に向けての謝罪？

私の中の毒が、そうビオラへとたずねているような気がした。

毒に飲まれないように気持ちを強く抱き、その感情のままにビオラを抱きしめる。

大丈夫よ、ビオラ。貴女《あなた》はとても魅力的な女の子ですもの。

如月雨露《きさらぎあまつゆ》なんて、無神経な男と恋人にならずとも、もっと素敵な人と出会えるわ。

第三章

俺は分からなくなる

——十二月二十五日。

本来予定していたクリスマス・イヴと似て非なる一日を過ごした俺は、翌日のクリスマスもまた、虹彩寺菫《パンジー》と会っていた。

「メリークリスマス。ジョーロ君」

「よう。……ビオラ」

十三時。区の図書館前で、俺を笑顔で迎える虹彩寺菫《パンジー》。

格好は、ロングスカートにカーディガン、その上にコートを羽織っている。

「どう、かしら？」

僅かに不安をのぞかせる瞳、モジモジとした落ち着きのない仕草。

自分の格好に、自信がないのだろうか？

「あまり詳しくねぇけど、俺は似合ってると思うぞ」

「ふふっ。ジョーロ君にだけそう思ってもらえるのが理想よ」

感情を全て見せるのが恥ずかしいのか、小さな微笑《ほほえ》みだけを浮かべる虹彩寺菫《パンジー》。

その貴重な表情を自分が引き出せたと思うと、ほんの少しだけ達成感を得てしまう。

「そ、そっか……」

別に、アイツの手掛かりを探す必要はないんじゃないか？

今日くらい、虹彩寺菫《バンジー》の希望を叶《かな》えてやってもいいだろ？

自分の中に芽生えた、新たな感情が俺に問いかける。

少し、まずいな……。

「じゃあ、行きましょうか」

「そうだな」

違う。俺が今日、虹彩寺菫《バンジー》と会うことを決めたのは、アイツの手掛かりを得るためだ。

目的をはき違えるな。必死に自分へ言い聞かせる。

「ジョーロ君、私の手は空いているわよ」

「図書館で本を持つのにちょうどいいな」

「けち」

不満と共に、無理やり俺の手を握りしめる虹彩寺菫《バンジー》。

なすがままにされ、拒絶をしない俺。本当に、何をやってんだか……。

※

図書館は、クリスマスということもあってか、利用者は少なかった。

なんで、折角のクリスマスにこんな場所で……。そんな不満をのぞかせる受付の人。

ちらりほらりと目に入る俺達《おれたち》以外の利用者。まるで、一学期までの西木蔦《にしきづた》高校の図書室だ。

……まぁ、一学期の図書室は、ちらりほらりどころかほぼ人はいなかったが。

「普段と比べると少ないわね」

「パ……っと。なんでもねぇ……」

「ふふっ。一歩前進ね」

俺がつい漏らしそうになった言葉に感づいて、僅かな喜びを漏らすビオラ。

……やばい。本当にやばいぞ。

「それで、何を聞きたかったのかしら？」

「ビオラは、よくここに来てたのか？」

「ええ。週に一度は通っていたわ。もちろん、来ない週もあったけど」

そういえば、虹彩寺菫《パンジー》は本が好きだったな。

中学時代も、放課後はよく図書室に入り浸っていた。だから、テスト前は俺とひまわりとサンちゃんの三人で図書室に行って、虹彩寺菫《バンジー》から勉強を教わって……懐《なつ》かしいな。

「ねぇ、ジョーロ君。ひまと大賀《おおが》君のお勉強は、今でも貴方《あなた》が教えてあげているのかしら？」

どうやら虹彩寺菫《バンジー》も、似たようなことを思い出していたようだ。

「そうだな。一年までは俺が二人の面倒を見てたけど、二年からは……」

図書室にみんなで集まって、勉強をしていたよ。

俺、ひまわり、サンちゃん。それにコスモスとアイツもいて……

「二年生からは？」

「図書室にみんなで集まって、勉強をしていたよ」

「みんなとは、昨日の串カツ屋さんにいた人達《ひとたち》かしら？」

「少し違う奴《やつ》らも混ざっているが、概《おおむ》ねはその通りだ」

最初は、アイツしかいない閑古鳥の鳴いている図書室だった。

だけど、気がついたら大勢の奴《やつ》らが集まる図書室になっていて……俺達《おれたち》にとって、かけがえのない場所になったんだよな。……だけど、俺はもうあそこへは戻れない。

俺が図書室に行っちまうと、アイツらの絆《きずな》が壊れる可能性がある。

だから、三学期からは行かねぇって決めてたんだが……少しだけ、しんどいな。

「そう……。ちゃんと沢山のお友達ができたのね。……よかった」

心からの安堵《あんど》の声。それが誰に向けての言葉かなんて、すぐに分かった。

少しずつ見えてくる、アイツとビオラの共通点。

今、俺がここでこうしていることは絶対に無駄じゃない。無駄じゃないはずなんだ。

「なぁ、ビオラ」

「何かしら？」

「学力で余裕のある奴《やつ》が、西木蔦《にしきづた》高校に通う理由って何だと思う？」

本来の目的を遂行するため、別の感情に飲まれないため、半ば強引に話題を変えた。

昨日、ビオラは何か事情があって西木蔦《にしきづた》高校に通わなかったと言っていた。

しかし、そうなってくると逆におかしい奴《やつ》がいる。……アイツだ。

アイツは、学年トップとはいかないまでも、かなり勉強はできるほうだった。

少なくとも、西木蔦《にしきづた》より上の高校には間違いなく行ける程度に。

以前は、ホースの件があって『自分を知らない人』しかいない、西木蔦《にしきづた》高校を選んだと言っていたが、今の状況……そして、よくよく考えるとおかしな点がある。

一つ目、虹彩寺菫《パンジー》とアイツが同じ高校に通っていないこと。

中学校が別々でも、大切な友達同士だったら高校では同じ学校に通おうとするのではないだろうか？　にもかかわらず、虹彩寺菫《パンジー》は西木蔦《にしきづた》高校に通わず、アイツだけが通っていた。

二つ目、そもそも唐菖蒲《とうしょうぶ》と西木蔦《にしきづた》は比較的近い場所にある。

アイツが本当に『自分を知らない人』しかいない高校に通おうとしていたのなら、もっと別の……それこそ、唐菖蒲《とうしょうぶ》から離れた高校を選ぶべきだったのではないだろうか？

仮に西木蔦《にしきづた》に『自分を知らない人』しかいなかったとしても、近くにはホース達《たち》がいる唐《とう》菖蒲《しょうぶ》高校があったんだ。実際、予想外の形ではあったが、アイツとホースは再会した。

もしも、唐菖蒲《とうしょうぶ》から離れた高校を選んでいれば避けられた事態であり、俺が気づく程度のことにアイツが気づいていないはずがない。

なのに、どうしてアイツは西木蔦《にしきづた》高校に……

「何かやるべきことがあったら、通うのではないかしら？」

「たとえば？」

「歪《いびつ》な形になってしまった二人の絆《きずな》を元に戻すため……なんて、どうかしらね？」

「…………」

そう言われて思い当たった件は、たった一つ。

俺とサンちゃんだ。俺とサンちゃんの絆《きずな》は、高校入学当時（俺はまったく気づいていなかった）歪《いびつ》な形で継続していた。それを今の形にしてくれたのは……

「ジョーロ君。そろそろ、おすすめの本を紹介してもいいかしら？　私以外の人の話をあまり続けるのは好みではないの」

「分かったよ……」

まだ、アイツに辿《たど》り着《つ》くほどの手掛かりではない。だけど、状況が一歩前進したことに僅かな高揚を感じながら、俺は虹彩寺菫《パンジー》と共に本棚のほうへと向かっていった。

「あったわ。ジョーロ君には、是非これを読んでほしいの。私の大好きな本だから」

「ん？　これって……」

虹彩寺菫《パンジー》が、ウキウキと俺に手渡してきた本。

それは、クリスマス・イヴに『ヨーキな串カツ屋』でリリスが俺にだけ伝えてきた……

『双花《ふたば》の恋物語《こいものがたり》』じゃねぇか」

「あら？　もしかして、知っているのかしら？」

「まぁ、そうだな……。つい最近、読んだばかりだよ」

「そうだったのね……。残念なような嬉《うれ》しいような……複雑な気持ちになったわ」

俺も同じだよ。まさか、好きな本までアイツと……。

「でも、それならジョーロ君の感想を教えてもらいたいわ」

「面白かったよ。ただ、終わり方についてはどうかと思うがな」

姉と妹が入れ替わっても気づかないで、愛した女ではない女を愛し続ける男。

アイツは、『男は全てを分かった上で、妹の気持ちを受け入れた』と言っていたが、読んでみても俺はやはり納得ができなかった。

本当に妹が好きだったのなら、男は妹を愛し続けるべきだったんだ。

妹を死に物狂いで探すべきだったんだ。

なのに、それをしないで姉を愛するなんて……バカだろ……。

「私もそれについては、同意見ね」

「そう、なのか？」

意外だな。てっきり、アイツと同じ感想を言うと思ったのだが、

「ええ。最後に姉と妹が選んだ方法。アレは、間違っているわ」

「間違っている？」

「そうよ。妹の気持ちを受け入れて、身代わりを演じ続ける姉なんて愚か者の極みよ。それじゃあ、永遠に男から『自分』を愛してもらえないじゃない」

どうやら、俺と同じように終わり方に不満はあるようだが、方向性は違うようだ。

いったい虹彩寺菫《パンジー》は、どんな風に……

「私が姉だったら、死に物狂いで『自分』を愛してもらえるように努力するわ。もちろん、全てを利用してね。妹が身を引くなら、どうぞご自由に。それなら、私はその気持ちも利用して、男の中から妹への気持ちを消し去ってみせるわ」

「男が、それでも妹を探そうとしたら？」

「ありとあらゆる方法を使って、男を自分のそばから離れさせない。そもそも、姉のために自分の気持ちを諦めて身を引く妹なんて、本当に男を愛していたのかしらね？　ただ、姉の代わ

りにでもなったつもりでいただけではないかしら？　情けない子」

「…………」

アイツは、絶対に嘘《うそ》をつかない女だと思っていた。

だけど、もし一つだけ嘘《うそ》が混ざっていたら？

最初から俺を好きなんじゃなくて、ただ虹彩寺菫《パンジー》の代わりに……

「ジョーロ君、私は貴方《あなた》が大好きよ。だから、貴方《あなた》にも私を大好きになってほしいわ」

「別に嫌いじゃねぇよ」

「ふふっ。とても嬉《うれ》しいわ」

別に俺は、最初から虹彩寺菫《パンジー》を嫌ってなんていない。

ただ、それを言葉で伝えただけで、なんでこんなに……。

「つまり、ここからはジョーロ君とイチャイチャ図書図書タイムの始まりということね」

「始まらねぇから！　なにがどうなったら、そうなるわけ⁉」

「ジョーロ君、図書館では静かにするものよ」

「うぐっ！」

しまった。つい、西木蔦《にしきづた》の図書室のノリででかい声を出しちまった。

もれなく、周りから手厳しい視線を送られてしまっている。

「分かったよ……」

「ふふっ。なら、ここからは私の膝枕で静かにしてちょうだいね」

「しねぇから！　そういうことじゃないから！」

「はぁ……。本当に恥ずかしがり屋さんね。仕方ないから、私がされる側でいいわ」

「仕方ない結果がおかしいんだよ！　どっちもやらねぇからな！」

結局、虹彩寺菫《パンジー》のポジティブシンキングに振り回された俺はでかい声を出し続け、いたたまれなくなって、図書館をあとにしたのであった。

※

「もっといたかったのに、ジョーロ君のせいで不本意な結果になってしまったじゃない」

「てめぇが、余計なことを言い続けたのが原因だろが！　俺は、静かに本を読むつもりだったんだよ！」

「ジョーロ君、私は本を読むために図書館に行ったわけではないわ。ジョーロ君とのイチャイチャパラダイスを実現するために行ったの」

「ねぇ、どうして図書館をチョイスしたの？　もっと他にあったよね？」

相変わらず、表現が絶妙にダサい。

「あら？　それはつまり、図書館でなければ私とイチャイチャしてくれたのかしら？」

「ちっげぇから！」

アイツの手掛かりを得るのが目的のはずなのに、気づけば虹彩寺菫《バンジー》のペースになっている。

何とか言葉で否定するが、それでも感じてしまう居心地の良さ。

アイツと似ているから？　相手が虹彩寺菫《バンジー》だから？

決まっている。ただ、似ているからだ。

飲まれるな。どんな手段を使ってでも、アイツの手掛かりを手に入れろ。

何度目になるか分からない、自分への警告。

その声が、徐々に小さくなっているような気がした。


図書館をあとにした俺達《おれたち》は、ショッピングモールへ移動。

休憩コーナーに設置されていたテーブルに、隣同士で腰を下ろしている。

向かい合いを望んだのだが、俺が移動するたびに虹彩寺菫《バンジー》ももれなくついてくるので、結果として俺が諦めた。

「ジョーロ君。実は私ね、貴方《あなた》にプレゼントを用意してきたの」

「へ？　なんでんなもんを……」

「だって、今日はクリスマスですもの」

「あ」

言われてみれば、そうだった。

しまったな。俺も何か用意しておけば……って、違うだろ！

「ジョーロ君も、プレゼントを用意してくれたのかしら？」

「い、いや、その……」

「なら、お詫《わ》びに明日も私に会ってくれると思って大丈夫よね？」

「うぐっ！　わ、分かったよ……」

「ふふふっ。ありがとう」

本当に、見事なまでに手の平の上で転がされ続けてるな……。

元々、大晦日《おおみそか》まで毎日会ってほしいとは言われているが、そこから俺が逃れられないように、徹底的にありとあらゆることを利用してきやがる。

「それで、私のプレゼントだけどね……これを受け取ってほしいの」

「ん？　これって……」

虹彩寺菫《パンジー》がカバンから取り出したものは、クッキーだった。

可愛《かわい》らしいラッピングがされたビニール袋の中には、少し歪《いびつ》なクッキーが入っていて、

「私が作ってきたの。中学生の時もたまに作っていたけど、いつも勇気がなくて直接渡せなかったから……」

そういえば、中学時代も虹彩寺菫《パンジー》はたまにお菓子を作ってきていたな。

いつも、サンちゃんかひまわりがもらって、俺にはそれをおすそ分け。

たまには俺にくれてもいいじゃないか……なんて、考えていたこともあったっけ。

だけど、虹彩寺菫《パンジー》が俺にだけ直接渡さなかった理由は……

「迷惑、かしら?」

よく見ると、虹彩寺菫《パンジー》の手がわずかに震えている。

もし、受け取ってもらえなかったらどうしよう。そんな気持ちが伝わってきて、

「ありがたくもらうよ」

「……っ! やったわ! 初めて……初めて、ちゃんと渡せたわ!」

感情を爆発させ、目の前で可愛《かわい》らしいガッツポーズをとる虹彩寺菫《パンジー》。それは、まさしく虹彩《パン》寺菫《ジー》だけが見せる姿で、俺の中に『受け取ってよかった』という感情を生み出す。

「じゃあ……」

「え、ええ……」

そわそわした様子が目立つ虹彩寺菫《パンジー》に見つめられながら、ラッピングを丁寧に外してクッキーを一枚。味はやや薄め、パサパサした食感。いつも食べていた、アイツの作ってきたものと比べると、明らかに劣った代物だ。だけど……

「どう、かしら?」

「嫌いじゃねぇ」

不慣れな中で一生懸命作って来てくれたという気持ちが伝わってきて、不思議と何枚でも食べられるような気がするクッキーだった。

「……次は、美味《おい》しいって言わせてみせるわ」

ただ、虹彩寺菫《パンジー》としては不本意な結果だったようで、不貞腐《ふてくさ》れた表情。

別にこれでも十分……って、違う違う。

なに虹彩寺菫《パンジー》のことを考え始めているんだ。俺の目的は、アイツの手掛かりを得ることだ。ペースにのまれるな。

このクッキー……中学時代に虹彩寺菫《パンジー》は『お友達から教わって作った』と言っていた。

ということは、

「なぁ、てめぇにお菓子の作り方を教え――」

「ややっ！　ややや っ！　これはこれは、如月《きさらぎ》殿と虹彩寺《こうさいじ》殿ではござらんか？」

はて？　何やら背後から、やけに武士武士しい声が聞こえてきたのだが……。

今の声って……

「あら？　貴女《あなた》は……」

「秋野《あきの》桜《さくら》にございますぞ！　いやはや……、このような場所でご両人に遭逢《そうほう》するとは、奇怪《きかい》なこともあるものですぞ！」

奇怪《きかい》に現れたのは、我が西木蔦《にしきづた》高校元生徒会長……緊張して芝居をすると侍と化すコスモスこと秋野《あきの》桜《さくら》。視線の右往左往っぷりが半端《はんぱ》ない。

「いやぁ～あっぱれ！　まっこと、あっぱれな偶合もあったものですな！　かっかっかっか！」

これ、絶対に偶合でないですぞ。かっかっか。

「昨日以来ですね。コスモス先輩」

「うむ！　ご機嫌麗しゅう！　……失礼しても？」

いえ、どこかに失礼して下さい。

「はい。是非」

「ありがたき幸せ！」

肝心なことを聞こうとしたら、狙いすましたかのように現れた侍が正面に着席。

まぁ、まず間違いなく狙いすましていたんでしょうけど。

恐らく、コスモスの目的は……

「コスモス先輩は、どうしてここに？」

「はっはっは！　無論、虹彩寺《こうさいじ》殿のさぽぉとを……否！　圧倒的、否！　しょ、小生は図らずも通りかかっただけでありますぞ！」

やっぱりな。コスモスは、俺がアイツの手掛かりを得られないよう、加えて俺と虹彩寺菫《パンジー》の仲を進展させるために現れたんだ。

てか、なんでそこまでするんだよ？　いくら何でもそこまでする必要は……

「どうして、コスモス先輩がそこまでしてくれるのですか？　頼まれたから？」

そうだそうだ！　言ってやれ、虹彩寺菫《バンジー》！

「むっ！　そ、それはですな……え～、こほん」

咳《せき》ばらいを一つ。自分の中の侍を何とか抑えつけようとしているようだ。

「頼まれていないよ。ただ、私が『彼女』から話を聞いた時に、こうするべきだろうと考えただけ。だから、これは私個人の意志に基づく行動さ」

「本当に、素敵なお友達に恵まれていたのね……」

「そう言われると、何だか照れくさいな。それで、私が力になれることはあるかな？　困っていることがあったら、何でも相談してくれて構わないよ！」

ものすごく困るから、相談自体引き受けないでもらっても構わない？

俺は、虹彩寺菫《バンジー》から手掛かりを得たくて仕方なくてだな……。

「何でも？　……本当にいいんですか？」

「もちろんさ！」

虹彩寺菫《バンジー》のやつ、どうしたんだ？　コスモスが来てくれたことには喜んでいるが、『何でも相談してくれて構わない』という言葉にはどこか遠慮がちな態度が目立つ。

「その、ジョーロ君のことなんですけど……」

「うっ！」

内容を聞く前から、コスモスが苦い表情を浮かべる。

当たり前だ。俺とコスモスの絆《きずな》は、ついこないだ失われたばかり。

本来であれば、今こうして一緒にいること自体おかしいんだ。

だからこそ、虹彩寺菫《パンジー》はコスモスに相談をすることをためらっている。

自分の相談は、コスモスを必然的に傷つけることになってしまうから……。

「気持ちだけですごくありがたいですし、やっぱり――」

「大丈夫さ！　私は、パンジーさんの相談を受ける！　どんなことでも、必ず助けになってみせる！　だから、君は何も気にしなくていいよ！」

「どうして、そこまで……」

「私も、あの人みたいに、自分を省みず大切な友達のために行動したい。『彼女』とパンジーさんなら、その気持ちはよく分かってくれると思ったのだが？」

「……っ！　そう、ですね……。本当に、よく分かります……」

あの人？　コスモスは、いったい誰のことを言っているんだ？

一瞬、アイツのことを言っていると思ったが、その後の言葉を聞く限りそうじゃない。

「分かりました。では、遠慮なく……」

「うん！　そうしてくれて構わないよ！」

気持ちの踏ん切りがついたのか、コスモスも虹彩寺菫《パンジー》もどこか清々《すがすが》しい態度が目立つ。

完全に置いてけぼりをくらっているような気持ちになって、妙に寂しかった。

「ジョーロ君が、私以外の人のことばかり考えていて困っているんです。何とか、私を見てもらおうとしているのですけど、どうしても上手《うま》くいかなくて……」

「ふむ……。あ～……、えっと……こほん」

虹彩寺菫《パンジー》への気持ちは踏ん切りがついていても、俺との間に起きたことへの踏ん切りはまだついていないからか、少しぎこちない仕草の目立つコスモス。

正面に向かい合って座っているにもかかわらず、俺達《おれたち》の目が合うことはない。

それは、まだ俺達《おれたち》の絆《きずな》が壊れたままという証明なのだろう。もしかしたら、こうして一緒に過ごしているだけでコスモスを傷つけているると思うと、少しだけ胸が苦しくなった。

「……よし！　ジョーロ君、君は随分とひどいことをしているようだね」

先に気持ちの整理をつけたのはコスモス。まだ目は合わせてくれないが、冷静な生徒会長モードへと切り替わり、中々に手厳しい言葉を俺へと浴びせてきた。

「い、いや、その……俺にも、事情が……」

なっさけねぇ……。コスモスがこうして話しかけてくれてるのに、まともに返事もできねぇなんて、何をやってんだよ……。

「君にも事情があるかもしれないけど、パンジーさんにだって事情はあるよ？　ジョーロ君、君はパンジーさんの事情を把握する気もなく、自分の事情だけ優先していないかな？」

「そ、それは……」

違う。俺は、別に虹彩寺菫《パンジー》のことを考えていないわけではない。

むしろ、逆なんだ。一緒にいると楽しくて、つい虹彩寺菫《パンジー》のことばかり考えそうになるから、そんな自分を抑えつけるために、アイツの手掛かりを……けど、それって正しいのか？

自分の都合でアイツを利用しているだけじゃ……

「パンジーさんは君に『別の子のため』の行動ではなく、『自分のため』の行動を取ってほしいんだ。以前の君なら、この程度のことは言われなくても分かっていたと思うのだが？」

「わ、分かってますよ！　けど……」

「けど？」

「その、えっと……」

しまった。つい熱くなって、余計なことを言いそうになった。

どうする？　どこまで伝えていい？

あれだけのことがあったにもかかわらず、こうしてここにいてくれるコスモスの気持ちに応えるならば、素直に伝えるべきなんだが……

「なるほど……。そういうことか」

「うっ！」

しまった。見透かされた。

「パンジーさん、大丈夫だよ。ジョーロ君は、君のことをちゃんと見てくれているみたいだ。ただ、彼は天邪鬼《あまのじゃく》だからね。中々素直になれないんだよ」

「そうなんですか？」

「うん。私が言うんだから、間違いないさ」

その通りだ。俺は、虹彩寺菫《パンジー》と一緒にいることに居心地の良さを感じ始めてる。

だけど、そんな自分が素直に受け入れられなくて……、だからこそ無理矢理にでもアイツの話をして、自分のもう一つの気持ちを見ないようにしている。

「少しくらいは、力になれたかな？」

「いえ、少しなんてものではありません。とても嬉《うれ》しかったです」

そうだ！　そうだよ！　俺は、虹彩寺菫《パンジー》が気になり始めているんだよ！

「ありがとうございます、コスモス先輩」

「ふふ。どういたしまして、パンジーさん」

ちょっとドジなところもあるけど、いざという時は頼れるコスモス。

だけど、その力を俺が借りることはもうできない。コスモスと俺の絆《きずな》は失われているから。

そして、絆《きずな》が失われているからこそ、コスモスはアイツの味方につく。

本当に、敵に回すと恐ろしい相手だよ……。

「ジョーロ君、そんなすぐに素直にならなくてもいいわ。……いえ、別に貴方《あなた》がまだ私のことを好きでなくても構わないの。だけど、少しでも貴方《あなた》に『私の事情』を知ってもらいたいわ」

「………」

自分の気持ちをコスモスに看破され、逆らうこともできずにただ従う俺。

マジで、どうしようもねぇな……。

「それに、『私の事情』は貴方《あなた》にとっても大助かりのことばかりよ」

この言葉が真実か罠《わな》か、俺には分からない。

だけど、今の俺には他に選べる道がない。

できることは、『虹彩寺菫《バンジー》の事情』がアイツに繋《つな》がる可能性を信じることだけで……

「分かったよ……。今まで、自分のことばかり優先してて悪かった。その、よかったら、教えてもらえねぇか？　ビオラの事情を……」

恐る恐る虹彩寺菫《バンジー》へ声をかける。

これで、教えないと言われたら、もはや絶望しか残っていないわけだが、

「ふふ……。そんな、野良猫《のらねこ》に追い詰められたドブネズミみたいな顔をしなくても大丈夫よ。ちゃんと教えてあげるから」

「本当か！」

さりげなく毒舌が混ざっていたが、それはよしとしよう。

虹彩寺菫《バンジー》の事情を知ること。

それが、虹彩寺菫《パンジー》だけじゃなくて俺やアイツにとって意味があることなら……

「私の事情はね……」

「あ、ああ」

「コスモス先輩と三人で一緒に遊びたいわ」

「はぁぁぁぁ!?　てめぇは、いきなり何とんでもねぇことを言い出してるんだ!?」

「そ、そうだよ！　私は、そこまでは……っ！」

予想だにしない虹彩寺菫《パンジー》の提案に、俺とコスモスはそろって困惑を示してしまった。

いや、マジで何を考えてるんだよ!?　俺達《おれたち》の絆《きずな》はぶっ壊れちまってるんだ。

本来なら、ここでこうしていること自体おかしいことで……。

「『一つの思い出に、一つの事情』。今日、ジョーロ君に知ってほしいのは、私がジョーロ君のために行動をしているということよ。だから、コスモス先輩と三人で遊びましょ」

「なんで、それが俺のために……」

「あら？　そこまで分からないのかしら？」

「…………」

分かってるよ。てめぇが何を考えてるかなんて、確認するまでもなく分かる。

だけど、それにはコスモスの気持ちも大切で……

「あ、あの……、ジョーロ君……、わ、私も一緒で、いいの、かい？」

先程までの冷静さは消え、弱気な瞳を向けるコスモス。

だけど、そこにはほんの少しの願いが込められているような気がして、

「えっと、俺としては、大丈夫ですけど……」

「本当かい！　本当に、本当にいいのかい⁉」

「も、もちろんです！」

「やったぁぁぁ‼」

先程までの生徒会長モードから、乙女チックモードに切り替わるコスモス。

その笑顔が見られたことが本当に嬉《うれ》しくて、だけど俺が笑っていいのか分からなくて、つい俺はコスモスから顔をそらしてしまった。

「ふふふ。なら、決まりね。コスモス先輩、私はお友達とお部屋で歌を歌ってみたいんです。まだ一度も行ったことがなくて……」

「お部屋で歌……カラオケかい？　それは素敵な提案だね！　夏休みに行って、すごく楽しかったんだ！　でも、中々行きたいと言い出せなくて……是非、また行きたいんだよ！」

元気に立ち上がり、虹彩寺菫《バンジー》の手を握りしめるコスモス。

カラオケか。そう言えば、俺がバイトに入ってる日に姉ちゃんや他のみんなと一緒にコスモスはカラオケに行ってたよな。あの時、あすなろと一緒に楽しそうに歌ってる写真が姉ちゃんから送られてきて……、まだその写真は俺のスマホに残ってるよ。

「よ～し！　そうと決まれば、善は急げだよ！　ジョーロ君、パンジーさん！　早く早く！」

「ふふふ。そんなに手を引っ張らなくても、ちゃんとついていきますよ、コスモス先輩。ジョーロ君もいいわよね？」

「はぁ……。分かったよ……」

「……ええ。ありがとう、ジョーロ君」

「礼を言うのは、こっちだろうが」

まだ、俺とコスモスの絆《きずな》は元に戻っていない。

それでも、そのきっかけを作ってくれた虹彩寺菫《パンジー》には感謝をすべきだ。

「素敵なクリスマスプレゼントが贈れてよかったわ。……ふふっ」

上機嫌に微笑《ほほえ》む虹彩寺菫《パンジー》。

本当に、こいつは俺のために行動してくれているんだな……。

※

――十二月二十六日。

昨日の俺の失敗は、『虹彩寺菫《パンジー》をないがしろにして、アイツのことばかり探ろうとしたこと』。

奇《く》しくも、それをコスモスから教えられた。

できることなら、理解した段階で実行に移したかったのだが、昨日はコスモスと三人でカラオケを満喫したところで解散。

まぁ、楽しかったし、ありがたかったからいいんだけどよ……。

――が、それはそれ、これはこれ。

たとえ、どれだけ虹彩寺菫《パンジー》と過ごす時間が心地良かろうと俺の目的は変わらない。

今日こそは、今の五里霧中から脱してやろうと考えていたわけなのだが……

「えへへ！　きょーは、いっしょにあそぼーね！　ビ……パンジーちゃん！」

「ええ。素敵な一日にしましょうね、ひま」

仲睦《むつ》まじく会話をする我が幼馴染《おさななじみ》と虹彩寺菫《パンジー》。

もはや、出だしから上手《うま》くいく気がまるでしなくて困る。

本日の待ち合わせ場所へ向かうと、そこには虹彩寺菫《パンジー》だけでなく、やけにぎこちない状態でひまわりがスタンバイしていた。

なぜここにいると聞くと、「きょ、きょーは、わたしもいっしょなの！」と、やや気まずさを感じさせつつも、大変張り切ったご様子でガッツポーズ。

ちなみに、俺を待っていたのは虹彩寺菫《パンジー》とひまわりだけでなく、

「ふっふっふ！　ひまわりが参加するとなれば、私も参加せざるを得ませんね！」

戦慄のポニー。我が校の敏腕新聞部員である、あすなろこと羽立桧菜《はねたちひな》もいる。

「それでパンジー、今日は何をするつもりなのですか？」

「実は、私も知らないの。昨日、ひまから連絡が来て、『明日は私にお任せだよ！』とだけ聞いているのだけど……」

友好的な会話をする虹彩寺菫《パンジー》とあすなろ。

今の会話から察するに、この状況の言い出しっぺはひまわりのようだ。

恐らく、目的は昨日のコスモスと同様に、俺と虹彩寺菫《パンジー》の距離を縮めること。

まずいな。

このままだと、昨日と同様、肝心なことを聞く前にうやむやになってしまう可能性も……

「だいじょぶ！　わたしに、バッチリなけーかくがあるから！」

かつて、ひまわりがバッチリな計画を立案したことがあっただろうか？

答えは、果てしなき否であるわけだが……。

「じゃっじゃーん！　これだよ！」

言葉と共に、ひまわりが取り出したのは四本のテニスラケット。

この時点で、ひまわりが何をしようとしているかは容易《たやす》く想像ができた。

まぁ、その前から薄々はそんな気がしてたんだけどな。

なんせ、今日の待ち合わせ場所は、

「テニスコート使っていいって、きょかもとってるからもんだいなしだよ！」

西木蔦《にしきづた》高校なのだから。

最初は、てっきり今日こそは西木蔦《にしきづた》高校の図書室にでも行くのかと思ったが、向かった先はテニスコート。ひまわりらしいと言えば、ひまわりらしい提案なのだが、虹彩寺菫《パンジー》には不向きな内容ではないだろうか？

運動神経のモンスターでテニス部のエースでもあるひまわり、取材で鍛えた足腰はスプリンターのあすなろに対して、（自称）中の上の運動神経の俺、そして多分……というか、ほぼ間違いなく運動が苦手な虹彩寺菫《パンジー》。後半に行くにつれて、テニスへの不向きさが顕著になっていく。

「これは、負けるわけにはいかないわね……」

が、どうやら本人としては勝つ気満々らしく、ひまわりから受け取ったラケットを握りしめて、何やら熱い闘志を燃やしている。

「じゃ、チーム分けだね！　んと……、わたしとあすなろちゃん、ジョーロとパンジーちゃんのチームでしょーぶだよ！　わたし、負けないからねぇ～！」

人間関係ではなく、運動神経を考慮したうえでのチーム分けにしてほしかった。

虹彩寺菫《パンジー》曰《いわ》く、俺にとって大助かりの『虹彩寺菫《パンジー》の事情』。

俺はテニスという激しい運動の中、どうやってソレを聞けばいいのやら……。

※

「よーし！　マッチポイントだよ、あすなろちゃん！　決めちゃえ！」

「はい！　任せて下さい！」

「はぁはぁ……。け、計算通りね……」

「ぜぇ……ぜぇ……。どう計算したら、この結果になるんだよ……」

始まったテニス勝負は、当然のようにひまわりあすなろチームの圧勝。

どうやら、あの幼馴染《おさなな じみ》には俺達《おれたち》に達成感を与えるつもりは微塵《みじん》もないようで、問答無用でバシバシと点を奪っていく。おかげさまで、こっちのポイントはゼロ。

見事なまでの、

「ラブゲームだもの。さすが、私とジョーロ君ね」

「隙あらばぶち込んでくるな、てめぇは！」

どれだけ体力を消耗していようと、想《おも》いが消耗することはなし。

今日も、絶好調のポジティブシンキングである。

「言っておくが、それ狙いでわざと負けるのはなしだからな？」

「もちろんよ。私、負けず嫌いですもの」

と言っても、あと一回取られたらこっちの負けなんだけどな。

たとえ惨敗《ざんぱい》だとしても、せめて一矢《いっし》は報いたい。そう考え、意識を集中させる。

「いきますよぉ～！　……えい！」

「おっらぁ！」

これまでやってきたことでそれなりに慣れてきた俺は、ギリギリのところであすなろのサーブを打ち返すことに成功。もちろん、打った先はあすなろだ。

これまでの試合で嫌と言う程学んだが、ひまわりに打たれると一撃で仕留められる。

つまり、ポイントを取るにはあすなろのミスを狙うしかない。

「ふっふっふ！　読み通りです！　……えい！」

しかし、あすなろだって下手なわけではない。

見事にリターンし、そのボールは俺ではなく虹彩寺菫《パンジー》に向かった。

くそっ！　このまま、本当にラブゲームで終わってたまるか！

「パンジー、頼んだぞ！」

「……っ‼　わ、分かったわ！　……んっ！」

「あっ！　いけません！」

「わっ！　わわわっ！」

恐らく偶然なのだろうが、虹彩寺菫《パンジー》の打ったボールは前方に立つひまわりの股下を見事に通り抜け、後方のあすなろが懸命に追いかけるも間に合わず。

俺と虹彩寺菫《バンジー》は、一ポイント取ることに成功した。

「やったわ！　やったわ、ジョーロ君！」

「ああ！　ナイスだったぞ！」

駆け寄ってきた虹彩寺菫《バンジー》とハイタッチを交わし、お互いに笑い合う。

試合ではもはや負けは確定しているようなものだが、俺達《おれたち》にとっては非常に貴重な……ん？

どうしたんだ、虹彩寺菫《バンジー》のやつ？

嬉《うれ》しいのは分かるのだが、にしても感極まりすぎのような気が……

「……初めて呼んでくれたわね」

「へ？」

「ふふっ……。気づいていないならいいわ。さ、続けましょ。私達《わたしたち》のイチャリングテニスを」

「だから、そういうんじゃねぇっつうの」

当たり前と言えば当たり前なのだが、次のプレイで俺と虹彩寺菫《バンジー》はあっさりとポイントを取られ、試合はひまわり、あすなろチームの勝ち。それでも虹彩寺菫《バンジー》は、まるで自分達《じぶんたち》が勝ったかのような、達成感の溢《あふ》れる笑顔を俺に向けていた。

「えへへ！　どう、あすなろちゃん？　わたしのけーかくは、かんぺきだったよ！」

「そうかもしれませんね！　ふふっ！」

そんな俺達《おれたち》を見て、ひまわりとあすなろがやけに温かな笑顔を浮かべていた。

※

「ん～！　みんなで食べるあまおうクリームパンは、やっぱり最高だねっ！」

テニスが終わった後、休憩タイムに突入。

場所は、校内の空き教室。こんな日にまで学校に来る奴《やつ》はいないようで、誰もいない教室で俺達《おれたち》は机を四つくっつけて、虹彩寺《パンジー》菫の用意してくれたお菓子と、ひまわりが用意してくれたあまおうクリームパンを食べているのだが……、

「えと、んと……。ジョ……っ！　や、やっぱりなんでもないよ！」

「お、おう……。そっか……」

俺とひまわりは、お互いにどこかぎこちない会話が目立っていた。

当然だ。あの日……二学期の終業式に、俺がひまわりとの絆《きずな》をぶっ壊したんだ。

あれからまだそこまで時間も経《た》っていないというのに、以前のような関係でいられるわけがない。実際、クリスマス・イヴでもひまわりとは一言も話してねぇし、今日だって以前までの関係だったら、一緒に西木蔦《にしきづた》高校まで向かっていたはずだ。

そうならないのは、俺とひまわりの絆《きずな》が壊れてしまっているから。

もしかしたら、ずっとこのままって可能性も……

「…………」

そんな俺とひまわりの様子を、虹彩寺菫《バンジー》はただ静かに見つめている。

だけど、それから少し経《た》つと、

「ジョーロ君、私の『今日の事情』を教えてあげるわ」

突然、そんなことを言いだした。

「は？　てめぇは、いったい何を……」

「ジョーロ君は、私の事情を知りたいのでしょう？　だから、それを伝えようと思ったの」

まぁ、その通りだけど、言い方が気になるんだよ……。

「昨日、言ったじゃない。『一つの思い出に一つの事情』。今日の思い出にも、ちゃんと一つの事情があるのですから」

「んじゃ、その事情ってのは？」

「世界を守るわ」

「唐突に壮大になったな、おい！」

色んな意味で、ジャンルが違いすぎる事情が飛び出してきたんですけど⁉

前人未踏の偉業を目指しすぎだろ！

「それでも必ずやり遂げてみせるわ」

「無駄にかっこいい台詞《せりふ》だな！」

いちいち、決め顔で握りこぶしを披露すな。

「というわけで、ダンスを踊りましょ」

「なんで、いきなりそうなるんだよ⁉　マジで、意味が――」

「ほら、中学校の時にもダンスの授業はあったけど、私はジョーロ君とペアを組めなかったでしょう？　だから、その雪辱を果たしたいの」

いや、そうかもしれねぇけどよ。

それが、なぜ世界を守ることに……ん？　もしかして、今日の虹彩寺菫《バンジー》の事情って……、

「ねぇ、ひま、あすなろ。食べ終わったら、みんなでダンスを踊らない？」

「ダンス！　面白そう！　うん！　わたし、やる！」

「良《い》いアイディアですね！　でしたら、ラジカセを借りてきますよ！　確か、新聞部の部室にあったはずなので！」

俺の疑問は解決されることなく、次々と話が進んでいく。

ダンスなんて、花舞展《かぶてん》以来だな。つか、虹彩寺菫《バンジー》ってダンス踊れるのか？

「おまたせしました！　では、早速始めましょうか！」

十分後、俺とひまわりと虹彩寺菫《バンジー》は体育館へ移動。

それから五分程経《た》つと、新聞部の部室からラジカセを調達したあすなろが、笑顔で帰還。

まさか、また花舞展《かぶてん》の時と同じようにステージの上でダンスを踊ることになるなんてな。

さて、んじゃ俺は虹彩寺菫《バンジー》と……

「最初は、ひまとジョーロ君からね」

「え？　えええぇぇぇぇ⁉　わ、わたしとジョーロ⁉」

「俺とひまわりかよ！」

まさかの申し出に、ひまわりとそろって困惑の声を出してしまった。

徐々に確信へと近づいていく、虹彩寺菫《バンジー》の今日の事情。

本当に、こいつはどこまでも……。

「そうよ。終わったら、次がジョーロ君とあすなろで、最後がジョーロ君と私よ」

「俺の負担がえげつなさ過ぎると思うのだが？」

「大丈夫よ、花舞展《かぶてん》で経験済みでしょう？」

「やっぱり、それが狙いかよ……」

「気づいてくれて嬉《うれ》しいわ」

上機嫌な返答。

行動の意図を理解した発言を俺がすると、虹彩寺菫《バンジー》はいつも嬉《うれ》しそうな顔をするな…。

「んと……でも、わたしとジョーロは……」

「ひま。貴女《あなた》とジョーロ君に何があったか、詳しくは知らないわ。……でも、貴女《あなた》もこのままの関係でいたくはないわよね？」

「うっ！　そ、そうだけど……」

「なら、ダンスを踊りましょ。……思い切り体を動かせば、きっと楽しいわよ。……貴女《あなた》とあすなろが、テニスでしてくれたみたいにね」

「……っ！　パ、パンジーちゃん、気づいてたの？」

「もちろんよ」

「むぅ。さすが、パンジーですね。さりげなくできたと思ったのですが……」

驚くひまわりと感心するあすなろ。どうやら、こいつらはテニスに何か仕掛けをしていたようで、それを虹彩寺菫《パンジー》は見抜いたらしい。

しかし、それとダンスにいったいどんな共通点が？

「さ、始めましょ。あまり遅くなってしまうと、日が暮れてしまうわ」

パンと少し大きめに手を叩《たた》く、虹彩寺菫《パンジー》。

その音に従ってダンスの準備を始める俺とひまわり。

まだ、どこかたどたどしくお互いにお互いの顔を見ることさえできない。

が、そんな状態でも虹彩寺菫《パンジー》はラジカセのスイッチを押して、問答無用で音楽をスタートさせる。偶然か必然か分からないが、奏《かな》でられた曲は花舞展《かぶてん》でひまわりと踊った時に使われた……『子犬のワルツ』だった。

「…………」

「…………」

お互いに沈黙を保ったまま、踊り続ける俺とひまわり。

ひまわりとあすなろが、テニスで何を企《たくら》んでいたかは分からない。

だけど、虹彩寺菫《バンジー》がこのダンスで俺とひまわりを組ませた理由は分かる。

きっと、あいつは……

「なぁ、ひまわり」

「な、に？　ジョーロ？」

何を言うかなんて、頭で何もまとまっていない。

だからこそ、心に従う。今の気持ちを、素直にひまわりへ伝えよう。

「その、さ……、俺にとって、ひまわりは大事な女の子だから……」

「……うん」

大事な幼馴染《おさななじみ》……とは、あえて言わなかった。確かに、それは俺とひまわりの関係を分《わ》かり易《やす》く示す言葉だ。だけど、幼馴染《おさななじみ》かどうかなんて関係ない。

幼馴染《おさななじみ》だからひまわりが大事なんじゃなくて、ひまわりだからひまわりが大事なんだ。

「気持ちには応えられなかった。けどよ、できることなら俺はひまわりとこれからも仲良くしていきたい。……その、自分にとって都合がいいことってのは分かってるんだが……」

「…………」

ひまわりは何も答えない。けど、それから少しすると、

「……春休み」

小さく、俺にそう告げた。

「え？　春休み？」

「春休み、ライちゃんが遊びにくるの。わたし、ジョーロもいっしょがいい」

そういうことか……。

あの日の終業式、俺がひまわりに誘われて断った一つの予定。それをこいつは……

「分かったよ」

「ほんと!?」

「ただ、一つだけ条件をつけさせてもらえねぇか？」

「なーに？」

「……三人じゃなくて、四人にしてくれ」

「……っ!!　うん！　そのぐらい、簡単だよ！　じゃあ、四人でいっしょに遊ぼうね！」

まだ少ししか時間は経《た》ってないはずなのに、本当に久しぶりにその笑顔を見た気がするよ。

天真爛漫《てんしんらんまん》で無邪気な笑顔。俺が大好きな、ひまわりの笑顔だ。

「ああ」

「えへへ！　じゃあ、思いっきり踊っちゃうよ！　だって私達《わたしたち》、幼馴染《おさななじみ》だもん！」

「あんまり激しく……って、本当にいきなり激しくすんなよ！　いや、これはマジで……」

「あはは！　聞こえなーい！」

元気をとりもどしたひまわりのダンスに振り回されながら、俺は考える。

春休み、俺はひまわりとライラック……そしてもう一人を加えた四人で遊ぶ。

その時に、俺達《おれたち》と一緒に遊んでいる『四人目』は、いったい誰なんだろうな？


「では、よろしくお願いしますね、ジョーロ！」

「お、おう……」

ひまわりとのダンスを終え、次はあすなろとのダンスの時間。

あすなろとは、花舞展《かぶてん》の時に色々あったよな……。

ただ、自分も花舞展《かぶてん》のメンバーに入りたかっただけなのに、その方法を間違えちまって、結果として俺達《おれたち》の間に苦い思い出が一つ生まれた。

もしも、あの時あすなろが、正直に自分も花舞展《かぶてん》のメンバーに入りたいって言っていたら、どうなってたんだろうな？

たらればなのは分かっている。だけど、そうしたら今とは違う未来も……

「ふふふ。まさか、こんな形で私の念願まで叶《かな》うとは思いませんでした」

「色々と、おかしなことになりすぎている気もするけどな」

俺達《おれたち》のダンスを、ステージから降りて見つめる虹彩寺菫《パンジー》とひまわり。

そんな二人には聞こえない、小さな声で俺達《おれたち》は会話を始めた。

「ジョーロにとっては、そうでしょうね。ですが、ある意味これは必然ですよ。貴方《あなた》が、『彼女』に恋心を抱いた時点で決まっていたことです」

『彼女』……、アイツのことを、あすなろがそんな風に呼ぶのが妙に悲しかった。

「なら、その理由を教えてもらいたいのだが？」

「残念ながら、私は『彼女』の味方ですから。ジョーロに好都合なことをするつもりはありません。貴方自身《あなたじしん》が、頑張って下さい」

ダメもとで聞いてみたが、やっぱりダメだったか。

「……ですが、言葉にしない気持ちを無視するつもりもないのですけどね」

「どういうことだ？」

ダンスを踊りながら、あすなろが少しだけ達観した笑みを浮かべる。

「『彼女』は、自分の幸せを全て放棄しました。そんなのは、私の知っている『彼女』ではありません。……ですから、私なりに考えた『彼女』にとっての最良の未来を迎えられる行動をとろうと思っています。きっと、『彼女』にとっては不都合なのでしょうけどね」

「おい。それって……」

「ジョーロ、私達《わたしたち》は誰も貴方《あなた》の味方になれません。……ですが、貴方《あなた》の味方になってくれる人は他にいますよ。その人に会えば、もしかしたら状況は変わるかもしれません」

「お、俺の味方に⁉　それって、誰だ⁉　誰が……」

「そこまでは教えられません。ただ、一つだけヒントをあげるとするならば、そうですね……とても頼りになるバッター……、素晴らしいホームランを打つ子ですよ！」

「はぁ～⁉」

なんだ、そのサンちゃんみたいな表現の仕方は？　あすなろのキャラじゃねぇだろ。

「ふぅ！　非常に楽しかったです！　こうして、貴方《あなた》と踊ることができてとても満足しました！　ありがとうございます、ジョーロ！」

「いや、俺も……その……ありがとな」

ダンスの時間は終わり、ポニーテールを揺らしながら上機嫌に去っていくあすなろ。

その後ろ姿は、なぜかやけに可愛《かわい》らしかった。


「いよいよ、私の番ね」

真打登場と言わんばかりに、張り切った様子で俺の両手を摑《つか》む虹彩寺菫《パンジー》。

結局、今日もこいつに振り回されっぱなしの一日だった。だけど……

「ありがとな」

俺は、素直な気持ちでお礼を伝えた。

「なんのことかしら？」

「ひまわりのことだよ。花舞展《かぶてん》を真似《まね》て、俺と三人が交代でダンスを踊るようにしたのは、俺とひまわりの仲を……」

「ふふふっ。気にしないでいいわ。絶対にやろうと決めていたことの一つだから」

妖艶《ようえん》な笑みを浮かべて、虹彩寺菫《バンジー》がそう言った。

「絶対にやろうと決めていた？」

「歪《いびつ》になった絆《きずな》を元に戻す。昔の私は、それができなくてジョーロ君から離れる道を選んだ。でも、今の私は違う。貴方《あなた》の力になれる、そう証明したかったの」

「だから、『今日の事情』が『世界を守ること』だったわけだな」

「ええ。私は、ジョーロ君のために行動をする。そこには、ジョーロ君だけじゃなくて、ジョーロ君の世界も含まれているんですからね」

誇らしげな表情。

俺の世界……。つまり、俺だけじゃなくて俺に関係する奴《やつ》らのためにも、虹彩寺菫《バンジー》は行動をしているということを証明したかったんだろう。

分かってる。分かってるよ……。

いい奴《やつ》なんだ。すごく魅力的な女の子なんだ。

今、目の前にいる虹彩寺菫《パンジー》は……。

「それと、もう一つ大事なことを教えてあげるわ」

「なんだよ？」

「西洋のパンジーの花言葉を教えてあげる。どうせ低脳な貴方《あなた》は知らないでしょ？」

「残念だったな。それなら、三つともバッチリ知っているぞ」

まさか、この言葉まで出てくるなんて……。

その事実が、俺の中のアイツとの思い出をまた一つ塗りつぶしていく。

「あら、そうなの？　でも、私から言いたいから言わせてもらうわね」

曲の終盤。虹彩寺菫《パンジー》が手だけではなく、体ごと俺に密着させ、甘く微笑《ほほえ》む。

……やばいな。さすがに、ここまで近いのは……

「黄色のパンジーは『記憶』。これからも素敵な思い出を沢山作っていきましょうね」

「今までに、素敵な思い出がほぼ皆無なのだが？」

俺がボソッと文句を言うが、そこはスルー。虹彩寺菫《パンジー》は気にせず言葉を続けていく。

「白のパンジーは『愛の思い』。貴方《あなた》への思いは、いつも行動で示してるんだから」

「示された結果、多大な迷惑がかかっているがな」

「紫のパンジーは……」

きっと虹彩寺菫《バンジー》は自分では気づいていないのだろう。さっきから、顔がドンドン赤くなっていることに。いや、気づいていたとしても、きっと最後まで言うんだろうな。

自分が伝えると決めたことを全て……

「『貴方《あなた》のことで頭がいっぱい』よ」

その言葉と共に曲が終わり、ダンスも終わりを告げる。

虹彩寺菫《バンジー》と再会して、たった三日。

たった三日しか経《た》っていないというのに、まるでこれまでも長い時間を一緒に過ごしてきたような錯覚が次々と生まれて、自分の気持ちがどんどん分からなくなっていく。

俺は、本当に大丈夫だろうか？

唯一の希望は、あすなろがくれた『頼りになるバッター』という言葉だけ。

どこかで聞いた気もするのだが……、いったい、どこで聞いた言葉だったかな？

【私の計画】

中学校を卒業し、私は高校生になった。

これまでの自分に別れを告げ、ビオラから教わった新たな姿になる。

髪型は三つ編み、度の入っていない眼鏡をかけ、不必要に成長した胸部を隠す。

たったそれだけで、私の学生生活は中学時代と比べて大きく変化した。

誰一人として、私に興味を持つ人がいない。入学当初は、少しだけ話しかけてくる人もいたけど、それは決して汚い下心ではなく善意から。残念なことに対人能力の低い私は、友好関係を結ぶことはできなかったけど、声をかけてくれた人に心で感謝を告げた。

幸運にも、私が入学した高校には中学時代の同級生は誰もいなかったので、本来の私の姿を知る人は誰もいない。

何もない平穏な毎日。遂《つい》に、私は自分が望んでいた日常を手に入れることができた。

だけど、たった一つ……一つだけ得られなかったものがある。

誰よりもそばにいてほしかった大切なお友達……ビオラは、どこにもいない。

私は、たった一人でここ――西木蔦《にしきづた》高校に通っている。

そして、入学して一週間。

これまで何もしてこなかった私だけど、いよいよ行動を起こした。

「ねね、あすなろちゃん、聞いて聞いて！　わたしね、あまおうクリームパンのすっごくおいしい食べ方をみつけちゃったの！」

「そうなんですか？　えーっと、いったいどういう食べ方なんです？」

「んとね、みんなで食べるともっとおいしいんだよ！　だから、こっちがあすなろちゃんの分！　いっしょにたべよっ！」

「私の分まで……。ふふっ、ありがとうございます、ひまわり」

廊下から教室の中をのぞくと、にぎやかな女の子の声が聞こえてきた。

ポニーテールの女の子は誰か知らないけど、もう一人の明るい女の子はよく知っている。

彼女は、日向葵《ひなたあおい》さん。写真で見せてもらった時から可愛《かわい》い女の子だとは思っていたけど、実際に見てみると、もっと可愛《かわい》らしい姿をしていた。

確かに、あれだけ可愛《かわい》い子ならビオラが危機感を覚える気持ちも分かるわね。

「よしっ！　今日も俺の炎は昂《たか》ぶりに昂《たか》ぶりまくってるぜ！　部活の時間よ、早く来い！」

「おお！　さすがサンちゃん！　あ〜、俺も早くレギュラーになりたいなぁ！」

「穴江《あなえ》なら、絶対なれるさ！　お前の俊足は、最高に頼りになるからな！」

さらに聞こえてきたのは、元気な男の子の声。

彼は大賀《おおが》太陽《たいよう》君。一緒に話しているのは、同じ野球部のメンバーだろう。

高校一年生にしては身長が高く、ガタイがいい人だ。

彼に対しては、少しだけ思うところはあるのだけど不快感はあまりない。

何となくだけど、弱い自分を隠して懸命に強く振る舞っている印象を持ったからだ。

「……いないのかしら？」

誰にも聞こえない声で、小さく言葉をつぶやく私。

友人もまともにいない私が、他クラスの教室まで足を運んでいるのは、決して日向《ひなた》さんや大《おお》賀《が》君の姿を確認するためではない。探している相手は、たった一人。

ただ、残念なことに私はその男の姿を知らない。誰かに声をかけて確認するという方法もあるのだけど、あの男に興味を持っていると思われること自体が癪《しゃく》だ。

だから、私は待ち続ける。その男が現れるのを……

「えーっと……、うちのクラスに何か用かな？」

「…………っ！」

明確な理由はない。だけど、背後から声が聞こえて来た瞬間、私は確信した。

今、後ろにいる男こそが、私が探していた男だと。

「別のクラスの子だよね？　もし、誰かに用があるなら……って、そうだ！　ごめん！」

声に導かれるように振り向くと、そこには男が立っていた。

街中で見かけたら、翌日には忘れてしまいそうな特徴のない外見。

二年間、話を聞いていただけで、その姿を見るのはこれが初めて。

だけど、男は私の想像していた通りの姿をしていた。

「その前に自己紹介をしたほうがいいよね！」

無害な笑顔を浮かべて、私に語り掛ける男。

その表情を見ているだけで苛立《いらだ》ちは嫌悪感《けんおかん》へと変化し、胸の内から毒が溢《あふ》れそうになる。

この男こそ、

「僕の名前は、如月雨露《きさらぎあまつゆ》だよ。……よろしくね！」

私が探していた男……如月雨露《きさらぎあまつゆ》だった。

本来であれば、必要のない自己紹介を如月雨露《きさらぎあまつゆ》が行った理由は、すぐに見当がついた。

「それで、どうしたの？」

この男は、周囲へのポイント稼ぎのために、困っている人を放っておかない。

だから、こうして私が教室の前で立ち尽くしていたら声をかけてくるだろうと思ったが、案の定だ。自己紹介をしたのは、私が私の友人に対して、『困っていたら、如月《きさらぎ》君が助けてくれた』という類の言葉を伝える可能性を考慮してだろう。

残念だったわね。私には、お友達がいないの。だから、貴方《あなた》のその行為は全て無駄よ。

せめてもの抵抗を、心の中で行う。

「えーっと、何も言わないとさすがに困っちゃうんだけど……」

困惑した表情。しかし、そんな表情を浮かべる最中、視線だけはチラチラと周囲を行き来している。まるで、『困っている女の子を助けている自分を見て』と言わんばかりに。

「…………」

私は、何も言葉を発さない。少しだけ期待しているからだ。

もしかしたら、今の私の姿を見て如月雨露《きさらぎあまつゆ》が思い出すかもしれない。

本来であれば、ここにいたはずの……

「あっ！　もしかして、ひまわりかサンちゃんに用があるのかな？」

期待した自分が愚かだったと思い知らされる。

はらわたが煮えくり返るような怒りと、言いようのない悲しさが胸の内に溢《あふ》れる。

中学時代、貴方《あなた》のことを好きで好きで仕方がなかった子がいたのよ。

貴方《あなた》に好かれようと必死に努力していた子がいたのよ。

そして、貴方《あなた》のために自分の幸せを放棄した子が……

「…………」

「あ、あれ!?　どこ行くの!?　何か用があったんじゃ……って、行っちゃったぁ……」

これ以上、如月雨露《きさらぎあまつゆ》の声を聞いていたら、私は自分の感情を抑えられる自信がない。

手の平に爪をくい込ませながら、私はその場を後にする。

落ち着いて……。今日の目的は、如月雨露《きさらぎあまつゆ》の姿を知ることよ。

それが達成できた上に、もう一つの情報も得られたのだから十分すぎる成果よ。

あれが、如月雨露《きさらぎあまつゆ》。あれが、ビオラが三年間想《おも》い続《つづ》けた男。

本当に、最低な男ね……。

ビオラに相応《ふさわ》しい部分なんて何一つありはしない。あんな男、離れて正解よ。

※

——日曜日。

「パンジー、聞いて！　私ね、お友達ができたの！」

「あら。それはよかったじゃない、ビオラ」

溌剌《はつらつ》とした笑顔で、私にそんな報告をするビオラ。

お互いに別々の高校に通うことになってしまった私達《わたしたち》だけど、だからこそ日曜日だけは、中学時代と変わらず二人で過ごしていた。

だから、日曜日は私にとって一週間で一番楽しみな日。

同時に、最も悔しさを覚える日でもある。

「しかも、聞いてちょうだい。なんと、私が自分で声をかけてお友達になったのよ！　どう？すごいでしょう？」

「それは、恐るべき進歩ね……」

私のお部屋で、上機嫌に三つ編みをいじりながらお話をするビオラ。

今は特に必要ないのだけど、私もビオラと同じように三つ編みに眼鏡をかけた格好をしている。二人で過ごす時は、お互いに同じ姿。いつの間にか生まれていた、私達《わたしたち》の不文律だ。

「ちなみに、その子はどんな子なのかしら？」

「そうね。少し変わった子よ。とても無口で、滅多に話さないの。だから、私は普通に話しているけど、向こうはスマートフォンで文章を私に見せて会話を成立させているわ」

あまり他人《ひと》のことは言えないけど、確かにそれは少し……いえ、随分と変わっているわね。

「ふふふ……、これで高校生活も安泰よ」

たった一人、お友達ができるだけで安泰にはならないと思うけど、まだ誰ともお友達になれていない私が言っても、ただの負け惜しみにしかならない。ここは、堪えよう。

「それと……、会ったわよ、葉月《はづき》君に」

「……っ！　そ、そうなのね……」

「ええ。貴女《あなた》からお話は聞いていたけど、話してみると相当厳しいタイプね。まさか、あそこまで他人の気持ちに鈍い男だとは思わなかったわ。……本当に最低よ」

ちょうど私が、とある男に抱いたのとまったく同じ感情を、ビオラは葉月《はづき》君に抱いたようだ。

その事実に安堵《あんど》する。かつて、ビオラは私に『葉月《はづき》君なんて利用するだけ利用して捨ててしまえ』と言っていた。なら、如月雨露《きさらぎあまつゆ》に対しても……

「ちなみに、どうして葉月《はづき》君と話すことになったのかしら？」

「私のお友達が、一つ上の先輩……桜原《さくらばら》先輩と仲が良かったのよ。それで、その繋《つな》がりで葉《は》月《づき》君とも話すことになったの」

「……そう。桜原《さくらばら》先輩と……」

もう中学時代の人達《ひとたち》とは関わり合いになりたくないのに、奇妙な繋《つな》がりが生まれてしまったことに、私は複雑な気持ちを抱く。

もちろん、ビオラにお友達ができたことは歓迎するけど……、私も同じ高校がよかったわ。よりにもよって、唐菖蒲《とうしょうぶ》高校を選ぶなんて、本当にビオラはいじわるよ。

だけど、それを責めることが私にはできない。だって、ビオラは……

「安心してちょうだい、パンジー。葉月《はづき》君は、貴女《あなた》がどこの高校に行ったかは知らないわ」

私のために、唐菖蒲《とうしょうぶ》高校へ行ってくれたのだから。

中学時代、私に最も苦い思い出を作った葉月《はづき》君。彼の無自覚な優しさの暴走が起きないように、ビオラは一番近くで葉月《はづき》君達《たち》の様子を見てくれているのだ。

もちろん、私を西木蔦《にしきづた》高校に通わせるためという理由もあったのでしょうけど、それだけじゃない。ビオラは、私を守るために唐菖蒲《とうしょうぶ》高校に通ってくれている。

私が、二度と中学校の人達《ひとたち》と関わり合いにならないように。

「貴女《あなた》は中学の頃に関わっていた人とは誰とも会わずに済む。これで、少しは胸のつかえがとれたかしら？」

「そう、ね。……少しだけさみしいけど……」

「さみしい？」

「気にしないでちょうだい」

　中学校時代に同じ学校だった人達《ひとたち》とは、もう会いたくない。

　だけど、一人だけ例外がいるの。

　たった一人、私が信用することができた後輩の女の子。

　ちょっとお間抜けだけど、いつも正直……というか本能のままに行動する元気な女の子。

　変なことはするし、たまに困ったこともするけど、淀《よど》んでいた私の世界で、気持ちのままに行動する彼女はとても輝いていた。裏も表もなく、自分の全てをさらけ出す彼女と話している時間だけが、中学時代に唯一私が安心できた時間。

　そんな彼女が相手だから、つい私も素直な気持ちになって、ビオラの話をしたりもした。

『何だかその人は、三色院《さんしょくいん》先輩みたいな人ですね！　それなら、もりごっさ素敵な人であること間違いなしです！　まぁ、私の次にですけどね！　むふふ！』

　お調子者で歯に衣着せない言葉。可愛《かわい》らしい笑顔。

　妙に愛おしくなって、頭をなでると『むふふぅ～ん』と気持ちよさそうな声を出す。

きっと、気づいていないのでしょうね。

貴女《あなた》がいてくれたおかげで、どれだけ私が助けられたか。

あの子、元気でやっているかしらね？

「あの、それで……パンジーのほうは？」

期待半分、不安半分の視線を向けるビオラ。今日、私と会っているのは、決して自分の話をするためではなく、私から話を聞くためだろう。胸の内に、毒が生まれる。

「会ったわよ、如月《きさらぎ》君に」

一方的に喋《しゃべ》らせただけだけど。

「……っ！　ど、どうだった？　まさか、好きになんて……」

「なるわけがないわ」

「そ、そうよね！　ジョーロ君は、汚い下心に満《み》ち溢《あふ》れていて、常に下賤《げせん》な行動しかとらないものね！　パンジーが、好きになるはずがないわよね！」

この子は、本当に如月雨露《きさらぎあまつゆ》のことが好きなのかしら？　理解に苦しむ発言ね……。

「ね。ねぇ、パンジー。如月《きさらぎ》君と大賀《おおが》君……ちゃんと仲良くしてる？」

「安心してちょうだい。とても仲の良《い》いお友達同士よ。貴女《あなた》が心配するようなことは、何も起きていないわ」

入学してから、何度か如月雨露《きさらぎあまつゆ》と大賀《おおが》君の様子を見せてもらったけど、二人は本当に仲の良《い》い……まさに親友と呼べるような友人同士だった。

「よかった……。本当によかったわ……」

やっぱり不公平よ。

ただ、お友達と仲良くしているだけで、ビオラをこんな笑顔にするのですもの。

「だけど、大賀《おおが》君は如月《きさらぎ》君に何か思うところがあるみたいで、たまに少し複雑そうな表情で彼を見ている時があるわね」

私の毒が少しだけ溢《あふ》れる。

ビオラの幸せを、自分ではなく如月雨露《きさらぎあまつゆ》が引き出していると感じたからだ。

「そう、よね……。なら、どうやって二人の絆《きずな》を元に戻すかを考えないと……」

如月雨露《きさらぎあまつゆ》の話が始まった途端、早速彼のことを考え始めた。

歪《ゆが》んでしまっている如月雨露《きさらぎあまつゆ》と大賀《おおが》君の絆《きずな》を元に戻したい。

それが、ビオラにとっての最優先事項。だけど、私は違う。

私の最優先事項は、如月雨露《きさらぎあまつゆ》の絆《きずな》を完全に破壊することだ。

一度話してすぐに分かった。あんな男は、ビオラに相応《ふさわ》しくない。

あんな社会の塵芥《ちりあくた》は、この世から消滅してしまえばいいのよ。

「ねぇ、こういうのはどうかしら？　パンジーが、ジョーロ君と大賀《おおが》君と仲良くなるの！　それで、どこかのタイミングで一度お互いに素直な気持ちをぶつけ合う機会を作る。そうすれば、一度は険悪になるかもしれないけど、その後にもっと素敵な関係に……」

「今の私が、如月《きさらぎ》君と仲良くなる方法がないと思うのだけど？」

根本的に仲良くなりたくないという気持ちはさておき。

「ふふっ。そこは、大丈夫よ。ジョーロ君に『貴方《あなた》の本性を知っている』と伝えるの。それで、彼と必然的に過ごす時間を作ることができれば、大賀《おおが》君も一緒に過ごすことになるはずよ」

「仲良くなるのではなかったかしら？」

「脅した後に、仲良くなれば問題ないのではないかしら？」

前提条件が間違っている気しかしないわね。

「嫌よ。私はできる限り関わり合いになりたくないもの」

「それって、私のため？　私に心配をかけないために……」

違う。ただ、純粋に如月雨露《きさらぎあまつゆ》が嫌いだからだ。

大嘘《おおうそ》つきで、自分の欲望に忠実で、他人を騙《だま》して、

「私のことは気にしないでいいわ。だから、ジョーロ君を……」

ビオラから、一番大切に想《おも》われている如月雨露《きさらぎあまつゆ》が。

「……もう少し、他の方法がないか考えてみるわ」

何とか、ビオラの目を覚まさないといけない。

このまま如月雨露《きさらぎあまつゆ》にとらわれてしまっていては、ビオラはいつまで経《た》っても幸せになれない。

これ以上、ビオラを傷つけないため、ビオラの環境をよくするために、如月雨露《きさらぎあまつゆ》の絆《きずな》を破壊することはもちろん、ビオラの中の如月雨露《きさらぎあまつゆ》への気持ちも破壊しなくてはいけない。

そのために必要なのは、ビオラが如月雨露《きさらぎあまつゆ》に幻滅するきっかけ。ビオラが如月雨露《きさらぎあまつゆ》に恋心を抱いたのは、彼が自分の欲望よりも、大賀君《おおが》を優先したからと聞いたことがある。

なら、それが間違いだったと分かれば？

たとえば、如月雨露《きさらぎあまつゆ》が大賀君《おおが》以上に自分の欲望を優先したら、ビオラの気持ちは消えるのではないだろうか？

そうだ……。その手段があった。

私が、嫌悪《けんお》する私の本来の姿。

嫌でも視線を集めてしまうあの姿を使えば、如月雨露《きさらぎあまつゆ》を欺くことができるかもしれない。

如月雨露《きさらぎあまつゆ》に仕掛ける罠《わな》が、決まった。

あの男が大賀君《おおが》のために行動した瞬間、私が邪魔をしてやればいい。

もちろん、西木蔦《にしきづた》高校の私じゃない。本来の姿になった私が、如月雨露《きさらぎあまつゆ》に声をかけるの。

それが実行できる、都合のいい場所もすでに目星がついている。

自由参加ではあるけど、ほぼ全ての生徒が参加するであろう大きな行事。

如月雨露《きさらぎあまつゆ》も必ず参加して、声の限りに応援するであろう……高校野球地区大会。

そこに、私は本来の姿で向かう。そして、如月雨露《きさらぎあまつゆ》を欺くことができれば……きっと、ビオラは目を覚ましてくれる。如月雨露《きさらぎあまつゆ》への気持ちをなくしてくれる。
ビオラの親友として、必ずやり遂げてみせるわ。

第四章

俺は見失う

——十二月二十七日。

タイムリミットは刻一刻と迫っている。

だが、俺は未《いま》だにアイツに辿《たど》り着けず、道標すら見つけられない状況にいた。

唯一の希望は、あすなろのくれた『頼りになるバッター』という言葉だけ。

その人物に会うことができれば、俺は今の状況を変えることができるかもしれないのだが、いかんせんまるで見当がつかない。

結局、今日も俺は昨日と同じように……

「ふふふ。こんにちは、ジョーロ君」

虹彩寺菫《バンジー》と会っていた。

時刻は十一時三十分。昼食前に合流をしたのは、昨日の帰り道に虹彩寺菫《バンジー》から『明日は、ジョーロ君と一緒にある場所でお昼ご飯が食べたいわ』と言われたから。いったい、どこに連れていくつもりなのか気になるところではあるのだが、

「なんで、そっちの格好なんだ？」

それ以上に気になるのが、虹彩寺菫《バンジー》の格好。

昨日までは、本来の姿に少し洒落《しゃれ》た服装でやってきていた。

だが、今日は違う。片三つ編みに丸眼鏡、茶色いロングスカートに灰色のコート。

何というか、随分と地味な格好だ。

「『今日の事情』を鑑《かんが》みた結果、こっちのほうがいいと思ったの」

淡々とした無感情な一言。

今までと同じトーンではあるのだろうが、今日の格好だとより一層無感情に思える。

いったい、何を考えて……なんてのは、聞いても答えねぇだろうな。

『一つの思い出に一つの事情』

まだ思い出が作れていない以上、虹彩寺菫《パンジー》が俺に事情を伝えることはないだろう。

「分かった。んで、今日はどこに行くんだ？」

「あら？　楽しみ？」

「財布に優しい場所かは気になっている」

「ふふふ。相変わらず、素直じゃないのだから」

全力で素直な気持ちなのだが、お決まりのポジティブシンキングが発動。

本当に、この女は厄介極まりない。

「いいから、さっさと案内してくれよ」

「待ってちょうだい。まだ一人来ていないわ」

「は？　てめぇは何を――」

「……ったく、なんであたしが…………って、ジョーロォオオオ⁉」

「はぁぁぁぁぁ⁉」

予想外の人物の登場に気持ちのままに叫ぶが、驚いたのは向こうも同じだったようだ。

やってきたのは、カリスマ群のリーダーであり、普段は優しいけれど怒らせると鬼よりも怖い清楚《せいそ》な野獣と化す……

「サザンカ……。なんでここに？」

俺のクラスメートである、サザンカこと真山亜茶花《まやまあさか》だ。

「あたしも、あんたがいるなんて聞いてないわよ！　ちょっと、どういうこと⁉」

サザンカが感情を爆発させ、虹彩寺菫《バンジー》をにらみつける。

「今日は、ジョーロ君とサザンカと一緒にお昼ご飯が食べたかったの」

俺とサザンカの疑問に、淡々とした態度を維持したまま虹彩寺菫《バンジー》が答えた。

「何よそれ⁉　あたしは『大事な話がある』って言われたから……」

「嘘《うそ》は言っていないわ」

「……っ！　あんた、やってくれたわね？」

「ええ。やってやったわ。……ふふっ」

苦い表情を浮かべるサザンカと対照的に、上機嫌な表情を浮かべる虹彩寺菫《バンジー》。

とりあえず分かったのは、サザンカは虹彩寺菫《パンジー》の罠《わな》にはめられてここに現れたということ。

まぁ、そうじゃなきゃ来るわけねぇよな。

サザンカがいま一番会いたくねぇ相手は、間違いなく俺なんだからさ……。

「さ、早く行きましょ。ジョーロ君、サザンカ」

「分かったよ……」「分かったわよ」

来てしまった以上、立ち去るわけにもいかないので、俺とサザンカは虹彩寺菫《パンジー》に先導される形で渋々と歩を進めるのであった。


「ふふふ……。ついにジョーロ君とファーストフード店に来てしまったわ。今日は記念すべき、ハッピースマイルラブリーDAYね」

「「…………」」

両手でハンバーガーを頬張りながら、上機嫌な言葉と絶妙にいまいちな言葉を放つ虹彩寺菫《パンジー》。

一切の言葉を発さず、黙々とポテトを食べる俺とサザンカ。この空気の重さを微塵《みじん》も気にしない虹彩寺菫《パンジー》の心臓の強度は、恐らくダイヤモンドに匹敵するのだろう。

「ジョーロ君、お話ができないのはつまらないわ」

「誰のせいだと思ってる？」

「見方によっては、ジョーロ君のせいとも言えるわね」

「ほんと、てめぇは余計なことしか言わねぇのな！」

確かに、俺のせいでもあるけどさ！

にしても、こんな状況を作り出す必要はねぇだろが！

「もう、そんなに褒められると照れてしまうわ」

何かクネクネし始めた。ビジュアルと相まってとてもうざい。

はぁ……。薄々と……いや、もうはっきりと『今日の事情』が分かったよ……。

一昨日のコスモス、昨日のひまわり、そして今日のサザンカ。

こいつは、俺とサザンカを仲直りさせるつもりなんだ。

その気持ちはありがたい。けどよ、そんな簡単な話じゃねぇんだ。

確かに、コスモスやひまわりとの絆《きずな》は少しだけ取り戻すことができた。

けど、だからといってサザンカとの絆《きずな》も取り戻せることができるって保証には……

「サザンカ。私は、貴女《あなた》ともお話がしたいわ」

「無理。この状況は、あたしもしんどいから」

一刀両断。この場から去るようなことはしないが、自分を罠《わな》にはめた虹彩寺菫《パンジー》に対しては怒りを抱いているようで、野獣の如《ごと》き鋭い視線で睨《にら》みつけている。

「でも、協力してくれるのでしょう？」

「そうね。必要最低限、パンジーには協力するわ」

その言葉がどういう意味を持つか、すぐに分かった。

「だとしたら、問題ないわね。私が、パンジーだもの」

中学時代と同じ、片三つ編みに丸眼鏡の格好。

なぜ、そっちの格好を選んだかの理由は、もしかしたら……

「そうかもしれないけど、あたしが協力するのは……」

「呼んだら来てくれたわ」

「……っ！　べ、別に！　たまたま暇だったから、来ただけよ！　……それと、あんたにちょっと興味があったから……。あの子がとても大事なお友達っていう奴《やつ》が、どんな子かちゃんと知りたかったから来ただけよ！」

どこか恥ずかしそうにそっぽを向いて、サザンカがそう言った。

だが、それから冷静さを取り戻すと、

「あたしは、他の子とは違うの。あの子達《たち》は優しいから、あんたのために力になってくれる。……あたしは違う。何もしない。何もしないのが、あたしの協力の仕方よ」

先程俺に向けたものとよく似た、冷たい言葉を虹彩寺菫《パンジー》に放つ。

どうやら、サザンカはコスモス達《たち》とは違うスタンスで、アイツに協力しているようだ。

そういえば、クリスマス・イヴに『ヨーキな串カツ屋』を訪れた時も、サザンカだけは少し違う態度を虹彩寺菫《パンジー》に向けてたよな。

まだ信用すべきかどうか悩んでいるような、少し余所余所《よそよそ》しい態度で……もしかして、あすなろが言っていた『頼れるバッター』の正体は……

「ジョーロ。言っておくけど、あんたにも協力はしないわよ」

「わ、分かってるよ……」

だよな。そんなわけねぇよ……。

俺が向けた期待の眼差《まなざ》しに返ってきたのは、凍《い》てつくような声。

少しだけ、一学期の頃にあった三股事件の時のことを思い出した。

「でも、サザンカは苦しくないの？」

「はぁ!? どういう意味よ？」

まずいな……。どうにも虹彩寺菫《バンジー》とサザンカの相性はそこまでよくないのか、さっきから空気が悪くなり続けている。

「あ、あのよ、二人とも……」

「ジョーロ君は静かにしていてちょうだい。今は、私がサザンカとお話をしているわ」

「うっ！」

淡々としつつも圧のある言葉に逆らえず、何も言えなくなる。

けど、このままだと、マジで取り返しのつかない事態に……

「サザンカ、私は貴女《あなた》がジョーロ君と今のような関係を望んでいるとは思えないわ」

「だからなによ？　望んでる望んでないなんて関係ないでしょ。だって、あたしは……」

「貴女《あなた》の気持ちはよく分かるわ」

「分かるわけないでしょ！」

サザンカの乱暴な声が店内に響く。必然的に店内の注目を集めてしまっているが、虹彩寺菫《パンジー》もサザンカも気にしている様子はない。

「分かるわ」

「あんた、いい加減に……」

「だって、私も同じだったもの……」

「……え？」

予想外の虹彩寺菫《パンジー》の申し出に、サザンカがこれまでの勢いを失った。

虹彩寺菫《パンジー》とサザンカが同じ？　いったい、どういうことだ？

「私ね、昔からずっとジョーロ君のことが好きだったわ。……だけど、一度その気持ちを諦めたことがあるの。自分には相応《ふさわ》しくない、自分はそばにいられない。そう決めつけて、ジョーロ君から離れることを選んだわ」

「そう、なの？」

「ええ。だから、私は西木蔦《にしきづた》高校に通わなかったの。大事なお友達と一緒に通おうと約束していたのに、それを反故《ほご》にして別の高校に通うことにしたわ」

虹彩寺菫《パンジー》が、どうして西木蔦《にしきづた》高校にやってこなかったのか？

まだ明確にはその理由は分かっていない。だけど、その片鱗《へんりん》が見えたような気がした。

「ジョーロ君と距離を置けば、自分の気持ちもいつかは消えていくと思ったわ。だけど、ダメだった……。頭でどれだけ諦めようとしても、心が諦めてくれなかった」

「なら、そこからあんたはどうしたの？」

先程とは違う、まるで救いを求めるような声でサザンカがそう聞いた。

「お友達が助けてくれたの。いつもはすごく情けない子なのに、その時だけはとても強く私を励ましてくれてね。その子のおかげで、私はジョーロ君を好きでい続けられた」

いったい、誰が虹彩寺菫《パンジー》を助けたか……。

そんなの、考えるまでもねぇよな。

「その時に決めたの。私は、私の気持ちがなくなるまでジョーロ君を好きでい続ける。たとえ、ジョーロ君が別の子を好きでも関係ない。恋人がいても関係ないわ」

「辛《つら》くないの？」

「無理矢理諦めて、ジョーロ君と離れていた頃と比べたら、全然辛《つら》くないわ」

「……そっか」

高校生になってから、俺は一度も虹彩寺菫《パンジー》と会っていなかった。

その間、俺は何も気にせずに、ラブコメ主人公になってやろうなんてくだらねぇことを企《たくら》んでいたが、虹彩寺菫《パンジー》は……。

「だから、サザンカも諦めてはダメよ。もしもその気持ちがなくなったのなら、気にしないでいい。だけど、残っているのなら諦めるべきではないわ」

「……それ、あんたが言う？　ハッキリ言って、あんたにとって都合が悪いと思うけど？」

「大丈夫よ。ジョーロ君にとっては、都合がいいから」

「なんか、それはそれで癪《しゃく》なんだけど？」

「自分の力で好きな人を喜ばせられるなら、それ以上に幸せなことはないと思わない？」

「くすっ。そうかもね……」

本当にこいつは、自分のことよりも俺のことを優先しやがる。

我侭《わがまま》で傍若無人なくせに、どうしてこんなことを……。

「うん！　決めた！」

まるで憑《つ》き物《もの》が落ちたかのように、清々《すがすが》しい声をサザンカが出した。

「ジョーロ！　あたし、やっぱりあんたが好き！　だから、あんたのそばにいたい！　ううん！　勝手にそばにいるから！」

「は!?　え？　いや、その……」

「別にいいでしょ？　あんたに迷惑をかけるつもりはないんだし！」

「まぁ、そうかもしれねぇけどよ……」

けど、サザンカの気持ちに俺は応えられないんだぞ?

「決まりね! じゃあ……はい!」

サザンカが元気よく、俺に向けて手を差し出した。

「仲直りの握手よ! ほら、早くしなさいよ!」

「お、おう……」

少し小さい、だけど力強い手を俺は握りしめる。

すると、俺が握るよりもずっと強い力で握りしめ返されて……

「ふふふっ! 卒業まで一年あるんだもん! まだまだチャンスはあるわ!」

色んな意味で恐ろしい一言を、容赦なく放つのであった。

……ん? 何やら、虹彩寺菫《パンジー》が俺の服の裾をクイクイと引っ張っているのだが……

「ジョーロ君、私は独占欲が強いの。だから、貴方《あなた》が他の女の子とある一定以上仲良くしていると、とてつもなく嫉妬をしてしまうわ」

「自分でこの状況にしておいて、言う台詞《せりふ》じゃないよね!?」

「それはそれ。これはこれよ」

支離滅裂にも程があるんですけど!?

「でも、もちろんジョーロ君の言い分も分かるわ。だから、ここは折衷案にしましょ」

「折衷案だぁ?」

「実は私、以前からフライドポテトをあーんで食べさせてもらうことに並々ならぬ興味を抱いていたの。……あとは、分かるわね？」

「あっ！　パンジーだけずるいわよ！　ねぇ、ジョーロ！　あたしも……」

「自分で食え」

「いじわるね」「空気を読みなさいよね……」

露骨に不貞腐《ふてくさ》れて、リスのようにポテトを頬張る虹彩寺菫《パンジー》とサザンカ。

その様子を見ているだけで妙に心が安らいで……今日は来てよかったな。

そう思ってしまう自分を、確かに自覚してしまうのであった。

それから、俺達《おれたち》はファーストフード店で昼食を済ませた後、三人で街中をぶらついたり、サザンカがよくカリスマ群の皆様と行くという喫茶店で、やけに美味《うま》いショートケーキを食って、充実した一日を過ごしたのであった。

帰《かえ》り際《ぎわ》、虹彩寺菫《パンジー》に、「『今日の事情』は、俺とサザンカの改善か？」とたずねると、

「パンジーが歪《ゆが》めてしまったものは、パンジーが元に戻す。それが『今日の事情』よ」

まるで、自分こそが本物だと言わんばかりの言葉。

今日も何一つ、アイツに辿《たど》り着《つ》ける手掛かりを得ることはなかった。

だけど、俺はそれに悔しさを感じなくなっていた。

※

——十二月二十八日。

世間が年末年始に向けて、忙《せわ》しなく準備を整える日々。

俺は、自分が新しい年を迎えることに誰よりも消極的なような気がしていた。

残り三日。残り三日で、アイツと虹彩寺菫《パンジー》の誕生日である大晦日《おおみそか》を迎える。

もしも、それまでの間にアイツへ辿《たど》り着《つ》けなかったら、……もう以前のような関係には戻ることはできないのだろう。

もちろん、会うことはできる。

同じ高校に通っている以上、三学期になれば間違いなく会うことができる。

けど、それはあくまでも会えるだけだ。同じ学校に通う同級生。よくて、友人同士。

そんな恐怖と同時に生まれている、もう一つの自分の感情。

自らを『虹彩寺菫《パンジー》』と名乗る少女の存在が、着実に俺の中で大きくなっていることだ。

頭でどれだけ否定しようと、心は従ってくれない。

クリスマス・イヴに突如として現れた少女は、俺にとって理想的な女の子だった。

たった一人で、俺が壊してしまった全ての絆《きずな》を修復し、そばにいて支えてくれている。

対して、アイツはどうだ？　何もしていない。姿も見えないし、声も聞こえない。

それこそが、俺に対する答えなんじゃねぇのか？

だったら、もう会えなくてもいいんじゃねぇのか？

アイツは、虹彩寺菫《パンジー》の代わりに、『パンジー』として、そばにいただけだよ。

アイツは、最初からてめぇを好きでも何でもなかったんだよ。

だとしたら、てめぇが好きになったのは誰なんだ？

アイツか？　虹彩寺菫《パンジー》か？

「んなこと、知らねぇよ……」

答えの出ない自問自答に、半ばやけくそに返事をする。

昨日の夜、もう一度電話をかけた、繋《つな》がらない。

コスモスもひまわりもあすなろもサザンカも……いや、西木蔦《にしきづた》の図書室のみんなは、事情を把握しているだろうが、俺に教えてくれることはない。

俺が、今までどれだけやべぇ問題にぶち当たっても、どうにか乗り越えられてきたのは、図書室のみんながいたからだ。……そんなみんなの力が、今回だけは借りることができない。

ここまで独りぼっちってのは、初めての経験かもな……。

いや、誰もそばにいないわけじゃねぇんだよ……。

一人だけ、俺を大好きだと豪語して、俺のために行動してくれる少女がいる。

だから、俺は今日もそいつと会うために、待ち合わせ場所へと足を運んでいるんだ。

「おはよう、ジョーロ君。今日も寒いわね」

「そうだな」

今日は、片三つ編みに丸眼鏡の姿ではなく、本来の姿。

僅かに鋭い黒真珠のような瞳、柔らかな髪、整ったスタイルをロングコートで覆うその少女の名前は虹彩寺《こうさいじ》菫《すみれ》。通称『菫《パンジー》』と呼ばれている、俺の中学時代の同級生だ。

待ち合わせ場所は、俺の最寄り駅。時刻は午前九時。

どうやら、今日は少し遠出をするらしく、今までよりも随分と早い時間での合流となった。

「ジョーロ君。実を言うと、手袋を意図的にし忘れてきてしまったの。だから、どうにかして暖を取りたいわ。……あとは、分かるわね？」

「勝手にしてくれ」

「ふふっ……。なら、そうさせてもらうわね」

上機嫌に俺の手を握りしめる虹彩寺菫《パンジー》。

最初の頃はあれだけ嫌がっていたというのに、ここ最近の俺は虹彩寺菫《パンジー》のこの行動を拒絶しなくなっていた。……いったい、いつからだろうな？

もしかしたら、最初から本気で嫌がってなかったのかもな……。

「で、今日はどこに行くんだ？」

「あら？　そんなに私とのベッタリウキウキデートが楽しみなのかしら？」

いたずらめいた瞳が、俺をとらえる。

楽しみにしていたかは自分でもよく分からないが、どちらにせよ素直に認めるのは癪《しゃく》だ。

「純粋な興味本位だ」

「嫌がっていないのなら大満足よ」

本当に、こいつはどこまでもポジティブシンキングだな……。

「今日はね、ジョーロ君と一緒に海に行きたいの」

「この季節にか？」

「ええ、そうよ」

「今までの人生で、冬に海に行った経験はないんだがな」

「なら、是が非でも行かないと。ジョーロ君の初めてを手に入れられるチャンスだもの」

どこにモチベーションを向けてるんだっつうの。

別にそんぐらい、大したことじゃねぇだろが。

「水着の準備もしてあるから、ジョーロ君は安心して全裸で入水《じゅすい》してくれて構わないわよ」

「全然安心できねぇし、そもそも入水《じゅすい》しねぇよ！」

「解《げ》せないわね……。ジョーロ君ほどの性欲の塊なら、私の水着姿を見たいがために喜んで全裸になる計算だったのだけど……」

「なわけあるか！」

冬の海に全裸で突撃する程、精神的にも肉体的にもタフじゃねぇんだっつうの。

※

すでに年末間近ではあるのだが、日本人は真面目に働く人が多いようで、午前九時の電車は少し混雑していた。混雑している電車というのは、個人的にはあまり歓迎したくないのだが、虹彩寺菫《パンジー》は「これぞ、合法的ペッタリンコね」と上機嫌な様子で俺に体を密着させてきた。

まるで、心臓の音を確認するかのように、胸に耳を当てて微笑《ほほえ》む虹彩寺菫《パンジー》。

大きな幸せと僅かな羞恥をはらんだその表情は魅力的で、否《いや》が応《おう》でも俺の心臓の鼓動は跳ね上がる。そんな電車に揺られること、九十分。俺達《おれたち》は、目的地である海へと到着していた。

「誰もいないわね」

「時期が時期だからな」

平日の午前十時三十分、季節は冬。

そんな条件下でこんな場所に来る奴《やつ》は滅多にいないのか、周囲には誰もいない。

やわらかな波の音、潮の香り。

世界が俺と虹彩寺菫《パンジー》だけになったかのような錯覚を与えるその風景は、どこか幻想的で、言葉ではなく心で気持ちを共有できる不可思議な力を帯びていた。

前にここに来たのは、夏休みだったよな。

あの時は、図書室のみんな……それに、自分も一緒に行きたいと駄々をこねるアホと素直になれない男も一緒にいて、……楽しかったな。

「ん？　何をやってんだ？」

「靴を脱いでいるわ。せっかくジョーロ君と二人で海に来たのですもの。少しくらい入らないともったいないじゃない。ジョーロ君も一緒に入りましょ」

「……全裸にはならねぇからな」

「分かっているわよ。だから、足まで。そこから先は、来年の夏のお楽しみよ」

来年の夏。高校三年生、最後の夏休みに虹彩寺菫《パンジー》と一緒に海を訪れる。

水着姿の虹彩寺菫《パンジー》に胸を高鳴らせる俺。どうにか気づかれないように振る舞うが、結局は見透かされて、クスクスとイタズラめいた笑顔を向けられる。

もちろん、二人じゃない。そこには、西木蔦《にしきづた》の図書室のみんなもいて……。

「予想以上に冷たいわ」

素足で海につかる虹彩寺菫《パンジー》。ロングスカートが濡《ぬ》れないように両手でたくし上げるその姿は、冬の海の雰囲気も相まってか、やけに綺麗《きれい》に見える。

その姿に誘われるように、俺も靴と靴下を脱いでズボンをたくし上げ、海につかる。

確かに、予想以上に冷たいな。あまり長時間入っているのはまずいかもしれない。

「失敗したわ。これでは、ジョーロ君と手を繋《つな》げないじゃない」

「今くらいは諦めてくれ」

「それは、後でなら繋《つな》いでもいいということかしら?」

「どうせ、何を言おうがやってくんだろ?」

「ええ。その通りよ。……ふふっ」

俺の返答に満足したのか、虹彩寺菫《バンジー》は両手でスカートをたくし上げたまま、まるでダンスでも踊るように海の中で可愛《かわい》らしいステップを踏む。

つか、大丈夫か? 波もあるんだし、バランスを崩したら……あ。

「きゃっ!」

「あっぶねぇ!」

俺の嫌な予感は、本当によく当たる。

案の定、海ではしゃいでいた虹彩寺菫《バンジー》はバランスを崩し、足どころか全身が海につかりそうになったので、俺は咄嗟《とっさ》にその体を抱きしめて倒れないようにした。

「き、気をつけろよな……」

「え、ええ……。ごめんなさい……」

「「……」」

まずい……。偶然とはいえ、この状態はかなりまずいぞ。

ハッキリ言って、滅茶苦茶《めちゃくちゃ》近い。少し顔を動かしたら、それこそ……

「も、もう出るぞ！」

「そう、ね……。そうしましょ」

その一線を越えないよう、俺は虹彩寺菫《バンジー》の体を離した後に海から出る。

それから、「これを使ってちょうだい。ちゃんと準備していたのだから」と、どこか誇らしげに取り出されたタオルを借りて足を拭き、再び靴下と靴をはいた。

「それじゃあ、次はこれをやりましょ」

「季節的にも時間的にも、色々とおかしいと思うのだが？」

虹彩寺菫《バンジー》が鞄《かばん》から取り出したのは、線香花火。こんな時期にいったいどこで入手したのだろうという疑問はあるが、それを言及することはない。

何となくだが、虹彩寺菫《バンジー》がやりたいことが徐々に見えてきてしまっているからだ。

きっと、こいつは……

「できる限り早く、それでいて濃厚に夏休みの予定を消化したいのだもの」

ということなのだろう。

季節外れの海と花火。これは、虹彩寺菫《バンジー》が本来であれば夏休みに俺とやりたかったこと。

いや、今日だけじゃない。

昨日も一昨日も、虹彩寺菫《パンジー》は俺と一緒にやりたかったことを実現しているんだ。

もし、アイツじゃなくて自分と過ごしていたら、こんな経験ができたんだよというメッセージを込められているような気がして、否が応にも比べさせられることになる。

アイツよりも強引な虹彩寺菫《パンジー》。気持ちを言葉だけでなく行動でも表し、どんな時でも俺を逃がさないように用意周到な計画を実行する。

だからこそ、俺は必然的に虹彩寺菫《パンジー》を見ることになってしまう。

「んじゃ、やるか」

「ふふっ、ありがとう。どっちが長く残れるか勝負しましょうね」

虹彩寺菫《パンジー》から線香花火を一つ受け取り、火をつける。

波と風の音とは違う、どこか軽快で儚《はかな》い音の線香花火を俺は茫然《ぼうぜん》と見つめていた。

「一つの思い出に、一つの事情。『今日の事情』は伝わったかしら？」

花火を始めてから十秒後、虹彩寺菫《パンジー》が俺に尋ねた。

「違いを示したかったんだろ？」

「とても嬉《うれ》しいわ」

アイツとよく似た虹彩寺菫《パンジー》。

だけど、二人は血の繋《つな》がりも何もない別人だ。だからこそ、明確な違いもある。

アイツの代わりではなく、自分を理解してほしい、虹彩寺菫《パンジー》を好きになってほしい。
それが、『今日の事情』だ。
「ちゃんと分かってくれたお礼に、どんな質問でも正直に答えてあげる」
予想外の申し出だ。
昨日までの俺は、何とか虹彩寺菫《パンジー》からアイツの情報を探ろうとしていた。
残念ながら、予想外の介入者によって歯痒《はがゆ》い思いをしたが、今日は別。
ここには、俺と虹彩寺菫《パンジー》しかいない。
おまけで、本人からも「どんな質問でも正直に答える」とお墨付きまできたもんだ。
もう、こんなチャンスは二度と来ないかもしれない。
これを逃したら、もうアイツに辿《たど》り着けないかもしれない。
それでも……
「ビオラの話を聞かせてくれよ」
俺は、本来の目的とは異なる質問をしていた。
どうしてだろうな？
コスモスに、虹彩寺菫《パンジー》の事情を知るべきだと言われたから？
ひまわりと、春休みに四人で遊ぶ約束をしたから？
サザンカが、「これからも好きでい続ける」と言ってくれたから？

「私の話？」

「ビオラは、どうして俺を好きになったんだ？　正直に言わせてもらえば、てめぇは美人だ。それに勉強だってできるし、性格も悪くねぇ。俺よりいい男なんて、選び放題だろ」

「ジョーロ君よりいい人なんていないわ」

ムスッと頬を膨らませて、不機嫌な眼差《まなざ》しを向ける。

「買《か》い被《かぶ》りすぎだよ。俺は、まるで大したことのねぇ……」

「ジョーロ君はすごい人よ。とても立派で魅力的な人。だから、自分を卑下しないで、自分を信じてあげてほしいわ」

「できることなら、自信の持てる何かを持ってから、そうなりたいんだがな」

「私があるわ」

「別にんなもん……」

そこまで言ったところで、言葉が止まる。

必然か偶然か分からない。だけど、虹彩寺菫《パンジー》の「私がある」という言葉。それは、一学期に俺がアイツとやらかしちまった大喧嘩《おおげんか》の時に聞いた言葉と全く同じだった。

あの時は、自分の気持ちに素直になれずに失敗した。

アイツに助けられる自分が情けなくて、意地を張って拒絶をしちまった。

でも、今の俺は……

「ありがとう。そう言ってもらえると、少しだけ自信が持てるよ」

失敗を繰り返さないためか、虹彩寺菫《パンジー》を悲しませないためか、あるいはその両方を達成できる言葉を選んだ。

「そうよ、ジョーロ君はすごい人なのだから。もしも、また自信がなくなりそうになったらいつでも言ってちょうだい。何度だって、教えてあげるんだから」

少しだけ体を移動させ、寄り添うように俺の肩に自分の頭を乗せる虹彩寺菫《パンジー》。

もしも、俺があの時に素直になれていたら、こんな未来が訪れていたのかもな……。

「あっ」

線香花火の火が、ポトリと落ちる。

ほとんど同時ではあったが、タッチの差で勝ったのは俺。

何となく、いつも翻弄されてばかりだから、虹彩寺菫《パンジー》に勝てたことが嬉《うれ》しかった。

これで、花火という目標は達成された。

だけど、虹彩寺菫《パンジー》は俺から離れようとせず、俺も虹彩寺菫《パンジー》から離れようとしなかった。

「私ね、小学校の頃、男の子からすごく人気があったの」

砂浜に落ちた線香花火を見つめながら、虹彩寺菫《パンジー》はそう言った。

「小学校の高学年になった頃かしらね、やけに男の子から優しくされるようになって、私の周りは沢山の汚い下心を持っている男の子達《たち》で溢《あふ》れるようになっていた」

似たような話を聞いたことがある。でも、虹彩寺菫《パンジー》はそれを小学生の時に経験してたのか。アイツよりも、早いんだな……。

「『辛《つら》いことがあったら、すぐ相談しろ』、『困ってたら助けてやる』、『絶対に俺はお前の味方だ』、誰にでも言える陳腐な言葉、善意の皮を被《かぶ》った自己満足……私は、それが嫌で嫌で仕方がなかった。だから、感情のままに周りの男の子達《たち》を拒絶したわ」

最低限の抵抗しかできなかったアイツとは違って、虹彩寺菫《パンジー》はかなりハッキリと拒絶していたらしい。けど、それってまずくねぇか？

「そうしたら、女の子から嫌われてしまったの。『調子に乗るな』、『お姫様にでもなったつもり？』。本当に、とても嫌なことを沢山言われてしまったわ」

やっぱり、そうなるだろうな……。

「私は歪《ゆが》んでしまったわ。こんな容姿に生まれたから、不必要な苦労を抱えてしまった。もう二度と、他の人間なんて信じない。どんな問題も、自分の力だけで乗り越えていこう。周りの人達《ひとたち》を全員『悪』だと決めつけて、決して心を開かず軽蔑するようになった。多分、今でもそういうところは残っていると思うの」

一人でも、虹彩寺菫《パンジー》の理解者がいれば、そんなことにはならなかったのだろう。

だけど、虹彩寺菫《パンジー》にはそれがいなかった。だから、こいつは……。

「そんな気持ちのまま小学校を卒業した私は、両親にお願いしてお引越しをして、中学校になると同時に、自分の姿を偽って学校に通い始めたの。もう二度と、あんな経験をしないように。もう二度と、『悪』と関わらずに済むように……」

だから、ビオラは中学校の時に三つ編み眼鏡の姿になっていたのか。

初めて見た時は、とんでもなく地味な女がいるな……なんて、思ったっけ。

「そんな私の間違いに気づかせてくれたのが、ジョーロ君よ」

「へ？　俺？」

「そうよ。中学校の頃のジョーロ君は、性欲に忠実でみんなに好かれるために自分を偽って、誰かれ構わずいい顔をする最低の男だと最初は思っていたわ」

「うぐっ！　その通りなんだけどよ……」

「違うわ。ジョーロ君はそんな人じゃなかった。それは、私の一方的な決めつけ。だって、貴方《あなた》には私にはできないすごいことができたんですもの」

「それって、なんだ？」

「他人の良《い》いところを見つけることよ」

虹彩寺菫《バンジー》が、真《ま》っ直《す》ぐに俺を見つめてそう言った。

「私は、その人が『悪』だと判断したら、全てを黒く塗りつぶしていた。良《い》いところなんて何もないと決めつけていた。……だけど、実際は違う。人には、良《い》いところと悪いところがある。悪いところだけを見て、良《い》いところを見ようとしなかった私とは違って、ジョーロ君は良《い》いところをちゃんと見ていた。本当に、すごく強い人だと思ったわ」

「いや、別に俺は……」

「ジョーロ君のおかげで、私は気がつけたの。人には、良《い》いところと悪いところがある。悪いところだけを見てしまっていたら、大切なものを見逃してしまう。ジョーロ君のおかげで、私は前よりも人が嫌いじゃなくなったの。だから、言わせてちょうだい」

「な、何をだよ?」

その質問を待っていたと言わんばかりに、とびっきりの笑顔を浮かべる虹彩寺菫《パンジー》。

見つめれば見つめる程に、虹彩寺菫《パンジー》への気持ちが大きくなっていきそうな恐怖と高揚感が、自分の中で育まれていく。

「助けてくれてありがとう。大好きよ、ジョーロ君」

「勘弁してくれって……」

「ジョーロ君、違うわよ。こういう時は、『どういたしまして』でしょう?」

「……どういたしまして」

「オプションに、私の名前を呼ぶこと、加えて熱烈なキッスも所望するわ」

「調子に乗るな」

まったく、せっかくのいい雰囲気を自分から台無しにしやがって。

そんな呆《あき》れが、自然と虹彩寺菫《パンジー》から離れることを俺に選ばせて、花火のために屈《かが》んでいた体を立ち上がらせる。

「もう、ここでの予定は終わったんだろ？」

「ええ。次は、少し遅くなってしまうけど、ジョーロ君のアルバイト先でお昼ご飯を食べたいと考えているわ」

時刻は、十二時十五分。

今から『ヨーキな串カツ屋』に向かったら、少しばかし遅い昼食にはなりそうだ。

「なんで、わざわざ俺のバイト先に？」

「大好きな人のことを、何でも知りたいと思うのはおかしいことかしら？」

「やりすぎだと思わなくもない」

「それは、仕方ないわね。だって、私はジョーロ君のストーカーだもの」

その言葉まで、言われちまうとはな……。

本当によく似たアイツと虹彩寺菫《バンジー》。

もしも、どちらかが偽物《にせもの》でどちらかが本物だとしたら、きっと本物は……

「分かったよ」

どれだけ頭で拒絶をしようと、心は従ってくれない。

ここで虹彩寺菫《バンジー》を拒絶することに、どんなメリットがある？

俺は、アイツと気持ちは通じ合っていると思っていた。

だけど、それは俺の勘違いで、ただの一歩通行だったんだ。

アイツの気持ちは偽物《にせもの》で、虹彩寺菫《パンジー》の気持ちが本物。

だとしたら、俺の気持ちが向かっていた先も……

「さっさと行くぞ。……パンジー」

「……っ!!」

予想外の不意打ちに、顔を真っ赤にする虹彩寺菫《パンジー》。

ふん。毎回毎回、そっちばっかりが翻弄できると思うんじゃねぇぞ。ざまぁみろ。

「ええ、そうね……。そうしましょ！」

満面の笑みを浮かべて、俺の腕を抱きしめる虹彩寺菫《パンジー》。

不器用だけど真《ま》っ直《す》ぐな少女に、俺も笑顔で応えていた。

※

「いらっしゃいませぇ！　……って、あれ？　如月君《きさらぎ》？」

午後二時。『ヨーキな串カツ屋』を訪れると、鍛え上げられたバイトスマイルで迎えてくれたのは金本《かねもと》さん。店内の様子を見る限り、今日は店に多大な利益とバイトに多大な損害を同時に与える、ドジ神様は入っていないようだ。

「どうしたんだい？　今日は、シフトに入ってなかったと思うんだけど」

「普通に客としてきました。飯を食いに」

「そうなんだね！　おや？　もしかして、隣の子は……」

「はい。ジョーロ君の恋人です」

「おおっ！　まさか、如月《きさらぎ》君にこんな可愛《かわい》い彼女がいるなんて！　これは、驚きだね！」

「ちっげぇから！　てめぇは、またそうやって勝手に……」

「ははは！　照れない照れない！　そんな仲良さそうに腕を組んでて、特別な関係じゃないは無理があるよ！」

「ぐっ！」

まさにその通り過ぎて、何も言い返せない。

ちょっと仕返し気分でやっただけだってのに、虹彩寺菫《パンジー》のやつ、俺が『パンジー』って呼んでからここに来るまで、ひたすらに腕にくっつきやがって……。

「まだ恋人同士ってわけじゃねぇだろうが」

虹彩寺菫《パンジー》にだけ聞こえる声で、小さく文句を言う。

しかし、そのクレームは馬耳東風。

むしろ、機嫌を良くしたようで腕を抱きしめる力を強められた。

「ええ。まだ恋人同士ではないのかもしれないわね。……ふふ」

余計なところに気がつくんじゃねぇよ。

「それじゃあ、二名様ご案内！　余裕がある時間だし、テーブル席を使ってよ！」

ピーク時ではないことが幸いしてか、俺と虹彩寺菫《バンジー》が案内されたのは四人用のテーブル席。

もしも、ピーク時だったらカウンターで隣同士に座ることになっていただろうし、むしろ昼食の時間が遅れたのはついてたかもしれねぇな。

「私のプランでは、ジョーロ君と腕を組んだままご飯を食べるはずだったのに……」

「そんなプランは、現実にならんから諦めろ」

「分かったわ……。それなら、ジョーロ君と串カツを食べさせ合いっこする、ラブリ～アンアン作戦に変更ね」

「本当に、てめぇのセンスは壊滅的だな！　ぜってぇやらねぇからな！」

「一生懸命考えたのに……」

しょんぼりしようが、知ったことか。

たとえ恋人同士だとしても、んな恥ずかしいことできるかっつーの。

「注文はどうする？」

「ジョーロ君のおすすめを所望するわ」

「分かった。んじゃ……」

テーブルに水とおしぼりが運ばれてきたタイミングで、注文を済ます。

頼んだのは、定番の串カツ盛り合わせと春菊の串カツ、あとはツバキ特性ドレッシングのかかった『ヨーキなサラダ』。

他にも美味《うま》いサイドメニューはあるが、頼みすぎても食い切れないしな。

「や。いらっしゃいませかな。ジョーロ、……パンジー」

待つこと五分。普段であればバイトに任せているが、この時間帯で余裕があるのか、この店の店長であるツバキがサラダを運んできてくれた。

「よう、ツバキ」

「こんにちは。えっと、貴女《あなた》はイヴにいた……」

「ん。洋木茅春《ようきちはる》。友達からは『椿《ツバキ》』って呼ばれてるかな。よろしくね」

そういえば、虹彩寺菫《パンジー》とツバキがまともに話すのって、これが初めてだったよな。

「ええ、よろしくお願いするわ。でも、ジョーロ君に手は出さないでね」

「ふふふ。聞いてた通り、心配性なんだね」

いったい、その話を誰から聞いていたか……なんてことを気にするのは、野暮な話か。

「ボクは、ジョーロの友達。それ以上にもそれ以下にもならないかな」

ツバキは、いつも俺達《おれたち》を少し離れたところから見つめてくれている。

だからこそ安心できるのだが、その代わりに決してある一定以上の線を越えない。

きっと、今回もその立場を変えることはないだろう。

「じゃあ、ボクは厨房《ちゅうぼう》に戻るかな。……あ、折角来てくれたし少しだけサービスするから、串カツには期待しててね」

「本当か？　それは助かるよ」

「ふふふ。このくらい、お茶の子さいさいかな」

パチンとウインクをして、去っていくツバキ。

やっぱり、そうだよな……。

あすなろが教えてくれた、俺の味方になってくれる『頼りになるバッター』。

その正体はツバキなのではないかと思ったが、今の様子を見る限り違うのだろう……ってい
うか、もうそんなことを気にする必要なんてねぇか。

この四日間、何度連絡をしようとしても取り合ってもらえねぇし、そもそもアイツの気持ち
は偽物《にせもの》だったんだ。

だったら、俺は本物の気持ちを受け入れるべきだ。

「本当に、西木蔦《にしきづた》には素敵な人が沢山いるのね。まさか、同い年であんなにしっかりした人がいるなんて、驚いてしまったわ」

「ツバキは、すげぇ奴《やつ》だよ。多分、家の都合で店を任されてるってのもあると思うけど」

「……ジョーロ君がそこまで褒めると、やっぱり嫉妬をしてしまうわね」

ツバキに嫉妬か……。

そういえば、アイツもツバキにはやけに対抗意識を燃やしていたことがあったっけ。

「別にそういうんじゃねぇから、安心しろよ」

「あら？　私を安心させてくれようとするなんて、優しいじゃない。どうやら、ジョーロ君の私への想《おも》いはかなり大きなものに……」

「調子に乗るなとさっきも言ったはずだが？」

「ええ。さっきも今も、否定しないわね」

「……やかましい」

はぁ……。マジでまいったな……。

何でもかんでも見透かしやがるから、手の打ちようがねぇ。

どれだけ否定しても、否定しきれない気持ち。

それと反比例するかのように、小さくなっていく別の気持ち。

けど、そこに恐怖も不安も感じない。

目の前には、俺のことが大好きなとびっきり可愛《かわい》い女の子がいる。

一つの絆《きずな》を守るために壊してしまった三つの絆《きずな》も、元に戻りつつある。

三学期、卒業間近で寂しがるコスモスが、「できる限り思い出を作りたい」なんて言いだして、俺や虹彩寺菫《パンジー》……それに図書室のみんなを問答無用で付き合わせる。

春休みは、遊びに来たライラックとひまわり、そして虹彩寺菫《パンジー》と四人で遊ぶ。ひまわりが、あれもやりたい、これもやりたいなんて言って、俺達《おれたち》はそれに振り回されるんだろうな。

新学期になったら、やっぱり妙な縁で左隣の席になったサザンカと、しょうもないけど楽しい学校生活を送っていると、そのことを知った虹彩寺菫《パンジー》が嫉妬して俺に八つ当たりをする。

俺が虹彩寺菫《パンジー》を受け入れたら、こんな未来が待ってるんだぜ？

どう考えても、俺が思い描いていた以上の最高のハッピーエンドじゃねぇか。

アイツはどこにもいない。だけど、それでいいんだよ。

俺は、アイツに拒絶された。いや、そもそも最初から受け入れられていなかったんだ。

アイツは、あくまでも虹彩寺菫《パンジー》が戻ってくるまでの代役。

その役割が終わったんだったら、これ以上追っても無駄だ。

ここいらが引き時さ。

もう、自分の中に生まれたもう一つの感情を受け入れて――

「ややっ！　これはこれは、如月《きさらぎ》先輩ではないですか！」

困ったな、とても受け入れたくないアホが、アホアホな笑顔で登場してしまったぞ。

「むふ！　むふふふ！　まさかアルバイトに入っていない日にもお店に来るなんて、そんなに私に会いたかったのですか？　んもぉ～う！　仕方ないですねぇ！」

現れたのは、アホを極めしアホの求道者、たんぽぽこと蒲田《かまた》公英《きみえ》。

格好は、ヨーキな串カツ屋の制服。両手には、トレーに乗った賄いが確認できることから、恐らく臨時バイトとして皿洗いに勤《いそ》しみ、昼休憩をもらったのだろう。

「よう、たんぽぽ。てめぇは、今日も入ったんだな」

「はい！　ちょっとクリスマス・イヴに特正《とくしょう》先輩と遊んだら、思いの外お金を使いすぎてしまいまして、お財布の中身がすっからかんになってしまいました！　ですから、ツバキ様にお願いして臨時バイトをさせてもらっているんです！　むふふ！」

「で、なぜ俺の隣に座っている？」

さも当然のように、俺の隣へ着席。

正面の虹彩寺菫《パンジー》の視線が鋭くなっているが、本人はまるで気づいていない。

「お皿洗いがひと段落ついて、お昼休憩をもらったからです！　とってもお腹《なか》が空いたので、如月《きさらぎ》先輩ご要望の、たんぽぽちゃんのお食事タイムを見せてあげるというサービスタイムまで設けてあげちゃってます！　どうですか？　嬉《うれ》しいでしょう？」

「いいえ、まったく」

そもそも、要望した記憶はどこにもない。

「むふふ！　如月《きさらぎ》先輩は相変わらず照れ屋さんですねぇ～」

アホの耳に念仏。今日もどこまでもアホすぎて、どうしようもない。

「ジョーロ君、その子は誰かしら？」

タイミングを見計らってか、やや……というか、とても棘《とげ》のある声が正面から飛んでくる。

独占欲が強いとは言っていたが、まさかこのアホにまで適用されるとは……。

「後輩のたんぽぽだよ。性格は、まぁ見ての通りだ。おい、たんぽぽ……てめぇも自分で自己紹介をしろ」

「はむはむはむ！　ん～！　今日もツバキ様のお昼ご飯は美味《おい》し……自己紹介？　いったい誰に……ひょわ！　正面に知らない人がいます！」

今まで気づいてなかったんかい。本当にこのアホは、どこまでもアホだな……。

「はじめまして！　スーパー・カリスマ・エグゼクティブ・ダイナマイト・ハイパー・エンジェル・ビッグバンアイドルのたんぽぽちゃんです！　むふ！」

すごいな。名前と同時にアホであることも示す、完璧な自己紹介じゃないか。

「はむはむはむ！　ん～！　美味《おい》しいです！　ツバキ様の賄いはすんばらすぃです！　……ところで、貴女《あなた》はなぜ如月《きさらぎ》先輩と一緒にいるのですか？」

「ジョーロ君とデートをしているから、ここにいるのよ」

副音声で、「勝手に隣に座るな」と聞こえたような気がする。

「如月《きさらぎ》先輩とデート？　如月《きさらぎ》先輩、どういうことですか！　むっふー！」

なぜか、隣のアホが俺に対して怒りを向けてきた。

相変わらず、珍妙な行動しかしない奴《やつ》である。

「いや、なんで俺に怒るんだよ？」

「だって、浮気《うわき》じゃないですか！　クリスマス・イヴに特正《とくしょう》先輩から、如月《きさらぎ》先輩に彼女ができたことは聞いているんですからね！　恐らく、私は無理だからと妥協をしたのでしょうが、だとしても彼女がいるのに、別の人とデートをするのは浮気《うわき》です！　むっふー！」

色々と間違っていて、ツッコむのがとてもめんどくさい。

「その彼女が私よ」

「ひょ？　貴女《あなた》は何を言っているのですか？」

虹彩寺菫《パンジー》の言葉が何か気になったのか、たんぽぽがキョトンと首を傾《かし》げる。

本当にこの珍獣は何を……、

「如月《きさらぎ》先輩の恋人は、三色院《さんしょくいん》先輩ですよ？」

「……なっ！　お、おい、たんぽぽ！　てめぇ、今なんつった？」

ちょっと待て。俺はてっきり西木蔦《にしきづた》の奴《やつ》らには、全員話が通されていると思っていた。だから、誰も味方についてくれないと。なのに、たんぽぽは……

「ひょわ！　何やら、如月《きさらぎ》先輩が鬼気迫る表情になりました！　えっと……如月《きさらぎ》先輩の恋人は、三色院《さんしょくいん》先輩だと言ったのですが……」

やっぱり、そうだ……。たんぽぽは、アイツから事情を聞いてねぇんだ。

この妙な事態になってから初めて……本当に初めて、アイツの名前を聞くことができたな。

……けど、それがなんだってんだよ？

たんぽぽが、アイツの名前を呼んだからって状況が変わるわけじゃねぇ。

さっき決めただろ？　もう引き時なんだよ。意味のない期待をする必要はねぇ。

「違うわ。ジョーロ君の恋人は私よ」

たんぽぽの言葉を虹彩寺菫《パンジー》が否定する。

そうだよな。俺は、『パンジー』の恋人だ……。

「むふぅ～。そう言われてみると……確かに、貴女《あなた》は三色院《さんしょくいん》先輩に似ていらっしゃいますね。喋《しゃべ》り方《かた》といい雰囲気といい、そっくりです！　なら、きっともりごっさ素敵な人なのでしょう！　三色院《さんしょくいん》先輩も、もりごっさ素敵な人でしたから！」

「そう言ってもらえると、嬉《うれ》しいわ。ジョーロ君、可愛《かわい》らしい後輩もいたのね」

ここまでのたんぽぽを見てアホと認識したからか、はたまた無邪気な笑顔でたんぽぽが懐《なつ》いてきたからか、虹彩寺菫《パンジー》の表情が和らいだ。

結局、これまでと何も変わらない。ただ、虹彩寺菫《パンジー》とたんぽぽが仲良くなるだけだ。

「むふ！　そうでしょう、そうでしょう！　たんぽぽちゃんは、もりごっさ可愛《かわい》いですから！　ところで、貴女《あなた》のお名前は…………あっ！　もしかして！」

そこで、たんぽぽが何かに気がついたのか、やけに上機嫌な笑顔を浮かべた。

どうせ、またアホなことを言って……

「貴女《あなた》は、虹彩寺《こうさいじ》菫《すみれ》さんではありませんか？」

「……っ!!」

予想外の言葉に、これまで一度も見せたことのない驚きを虹彩寺菫《パンジー》が見せる。

俺も同じだ。なんで、たんぽぽは虹彩寺菫《パンジー》のことを？

「そ、そうだけど、どうして貴女《あなた》は私のことを……」

「むふ！　やっぱり、そうなんですね！　実は、中学生の時に三色院《さんしょくいん》先輩からお話を聞いたことがあるんですよ！　『私にとって、一番大切なお友達』って！」

「わ、私の話を、あの子から……。もしかして、貴女《あなた》はあの子と同じ……」

「はい！　三色院《さんしょくいん》先輩とは同じ中学校でした！　とってもと優しくしてもらえて、本当にお世話になっていたんですよ！」

「あ、貴女《あなた》が……、『ちょっとお間抜けだけど、いつも素直で可愛《かわい》い後輩』……なの？」

「違いますよぉ～！　私は、『圧倒的天才で、いつも素直でもりもりごっさプリティ～な後輩』ですから！　むふふ！」

「どうやら、間違いないようね……」

そうだ……。そうだった！　たんぽぽとアイツは、同じ中学の出身だ！

西木蔦《にしきづた》でたった一人、アイツの過去を知る奴《やつ》なんだ！

けど、ならどうしてアイツは、たんぽぽに事情を伝えてねぇんだ？

誰よりも確実に、口止めをしておかなきゃいけねぇ相手だろ。

アホだから？　……いや、違う。

「むふ！　貴女《あなた》が虹彩寺《こうさいじ》菫《すみれ》さんですか！　ですが、いくら似ているからって、如月《きさらぎ》先輩の恋人と名乗ってはダメですよ！　如月《きさらぎ》先輩の恋人は、三色院《さんしょくいん》先輩なんですから！」

「ち、違うわ！　あの子は、ジョーロ君のことを本当に好きかどうかは……」

「大好きに決まっているじゃないですかぁ～！　高校生になってまたお会いしてから、三色《さんしょく》院《いん》先輩は毎日のように如月《きさらぎ》先輩のことだけを考えてましたもん！　お話をする時は、いつも如《きさ》月《らぎ》先輩のことばかり！　あれで好きじゃないなんて、ありえません！」

「そうなのか、たんぽぽ？　本当に、アイツは……」

「もちろんですよぉ～！　『ジョーロ君のそばにいれるだけで、本当に幸せな気持ちになる』。三色院《さんしょくいん》先輩から何度も……あっ！　これ、内緒にしてって言われてたんでした！　き、如月《きさらぎ》先輩、今の話は忘れて下さい！　むふぅ～！」

生憎《あいにく》と忘れられそうにねぇよ……。

そうか……。アイツは俺のことを……そうだったんだな！

「最高のホームランじゃねぇか……」

「ひょ？　如月《きさらぎ》先輩、貴方《あなた》はいきなり何を……」

「てめぇが、俺の味方だったわけか」

会えた……。会えたぞ！

あすなろが言っていた『頼りになるバッター』。

その正体は、西木蔦《にしきづた》高校で誰もがアホと認める野球部のマネージャー……

「何を当たり前のことを言っているんです？」

たんぽぽこと蒲田公英《かまたきみえ》。

そして、たんぽぽは俺の味方であると同時に可能性。

アイツが、たった一つだけ残した、もう一つの道へと続く可能性。

だったら……

「なぁ、たんぽぽ。アイツから聞いてた話はそれで全部か？　他に何も聞いてねぇのか？」

あるはずなんだ。たんぽぽだけが俺に伝えられる、手掛かりが！

俺が唯一、アイツに辿《たど》り着ける可能性が……

「む？　虹彩寺《こうさいじ》さんとのお話ですか？　それでしたら……あっ！　一つあります！」

「ねぇ、たんぽぽ。それ以上は……」

何とか虹彩寺菫《バンジー》が止めようとするが、それでもたんぽぽは止まらない。

当たり前だよな？　こいつは、誰にもコントロールできないとんでもねぇアホなんだからさ。

「高校生になって、三色院《さんしょくいん》先輩と再会した時に聞いたんですよ！　『どうして、虹彩寺《こうさいじ》さんと同じ高校に通ってないんですか？　大切なお友達だったのでしょう？』って！　そうしたら、『事情があって、別々の高校に通うことになったの』と三色院《さんしょくいん》先輩から教えてもらいました！　それで、虹彩寺《こうさいじ》さんが通っていた高校が……」

思い出すのは、虹彩寺菫《バンジー》と再会した日に訪れた喫茶店。

あの時、最初は高校生になってからの話をしていた虹彩寺菫《バンジー》だが、アイツの話を確認すると、自分にとって不都合なはずにもかかわらず、自分の高校ではなくアイツの話にシフトした。

理由は簡単だ。虹彩寺菫《バンジー》は……

「唐菖蒲《とうしようぶ》高校ですよ！　むふ！」

自分の通っている高校を隠したかったんだ。

【私の大失敗】


高校一年生の夏休み。

私は少し……いや、かなりイラついていた。

「やったぁ！　勝ったよ！　サンちゃん勝ったよ、ジョーロ！」

「うん、そうだね！　はぁ〜、よかったぁ〜！」

応援席の前方で嬉々《きき》とした声を挙げ、ハイタッチを交わす如月雨露《きさらぎあまつゆ》と日向《ひなた》さん。

今日は、高校野球地区大会準決勝戦。

西木蔦《にしきづた》高校は勝利をおさめ、決勝へと駒を進めた。

これは、私にとって非常に都合の悪い展開だ。

私は、ビオラの中の如月雨露《きさらぎあまつゆ》への気持ちを消すため、如月雨露《きさらぎあまつゆ》と大賀《おおが》君の絆《きずな》を破壊する機会を得るため、私が嫌悪《けんお》する本来の姿で地区大会の応援へと訪れている。

しかし、計画の実現は困難を極めていた。主な理由は二つ。

一つは、一緒に来てほしかったビオラが来ていないこと。

ビオラの目を覚ますためには、ビオラに直接、如月雨露《きさらぎあまつゆ》が大賀《おおが》君よりも自分の欲望を優先する姿を見せるのが最も手っ取り早い。しかし、何度ビオラを誘おうとも彼女は「私は、ジョーロ君のそばにいるべきではないわ」の一点張りで、応援に来てくれないのだ。

だから、私は一人で西木蔦《にしきづた》の応援に訪れ、一人で如月雨露《きさらぎあまつゆ》を罠《わな》にはめるしかない。

そして、私の目論見《もくろみ》が成功したらビオラにそれを伝える。百聞は一見に如かずというけど、私は『見』ではなく『聞』の手段を選ばざるを得なくなってしまった。

果たして、それでビオラの目を覚ますことができるのか……あまり、自信はない。

それでも僅かな可能性を信じて、計画の実行の時を待っているのだけど……その機会が訪れないまま、西木蔦《にしきづた》高校は決勝戦へと駒を進めてしまったのだ。これが、二つ目の理由。

正直、大賀《おおが》君を侮《あなど》っていた。

野球については素人《しろうと》なので、あまり偉そうなことを言えないけど、私が事前に収集した情報では、西木蔦《にしきづた》高校の野球部は「いけて三回戦レベル」と聞いていた。

だけど、実際の結果は決勝進出。これは非常にまずい。

私は、如月雨露《きさらぎあまつゆ》が大賀《おおが》君のために行動を起こした瞬間に、自分の本来の姿を利用してあの男を罠《わな》にはめようとしている。

しかし、西木蔦《にしきづた》高校が勝ってしまうと、如月雨露《きさらぎあまつゆ》は「サンちゃんの迷惑にはなりたくない」と、大賀《おおが》君に声をかけることもせず満足気に帰っていくのだ。

一回戦で西木蔦《にしきづた》高校が勝利を収めて、如月雨露《きさらぎあまつゆ》がこの行動を取った時は、唇を強く噛《か》みしめてしまった。あの男が、早々に大賀《おおが》君の勝利の祝福に向かってくれれば、それで全てを終わらせられたというのに……。

まさか、あんな形で私の作戦を阻止して来るなんて、本当に厄介な男だ。

以前にも増して、私は如月雨露《きさらぎあまつゆ》に強い嫌悪《けんお》感《かん》と憎悪《ぞうお》を抱くことになった。

ともあれ、このままでは私の計画が実行できない。

だからこそ、必要なのは西木蔦《にしきづた》高校の敗退……だというのに、ここまでの試合で大賀《おおが》君はほとんど失点することなく、次々と勝利を収めていくのだ。

二回戦でシード校だった強豪を下してから、西木蔦《にしきづた》高校の評価は「三回戦レベル」ではなくなり、「優勝候補」にまで名をあげてしまった。

もし、このまま甲子園にまで進んでしまったら、どうすればいい？

わざわざ、そこまで足を運んで如月雨露《きさらぎあまつゆ》を罠《わな》にはめるチャンスを待ち続けるのか？

「本当に、厄介ね……」

応援席の後列で、静かに拳を握りしめる。

まだ諦めてはダメだ。決勝戦の相手は、唐菖蒲《とうしょうぶ》高校。

私にとっては、色々な意味で複雑な相手だけど、彼らなら西木蔦《にしきづた》高校に勝てるかもしれない。

唐菖蒲《とうしょうぶ》高校は勉強だけでなく、スポーツに関しても名門校。

高校野球に関しては、甲子園常連とまで言われている。

さらに、今年の唐菖蒲《とうしょうぶ》高校には、私と同じ中学校出身の特正北風《とくしょうきたかぜ》君がいる。

野球推薦で唐菖蒲《とうしょうぶ》高校に入学した生粋のスラッガー。

一年生でエースに抜擢《ばってき》される大賀《おおが》君同様に、甲子園常連の唐菖蒲《とうしょうぶ》高校で、一年生にして四番バッターに抜擢《ばってき》されているのが特正《とくしょう》君だ。

彼なら、大賀《おおが》君に勝てる可能性はある。

「………」

まさか、私が特正《とくしょう》君を応援する日が来るとは思わなかった……。

彼は、私が中学時代にかかわっていた人の中では、女の子にまるで興味のない（というよりも、一人の子にしか興味がない）少し変わった男の子で、一緒にいるのが苦ではない人だったけど、彼は私にとって最も苦手な人と親友関係にあった。

だから、特正《とくしょう》君と交流するのも、私は避けたかった。

そんな人を、今は応援している。……本当に、奇妙なことになったものだ。

「あら？」

ふと、スマートフォンが振動したので確認すると、

『久しぶり、菫子《すみれこ》。あのさ、よかったら今度会えないかな？　君に伝えたいことがあって』

ただの偶然か、はたまた中学時代を思い出してしまったからか、より一層気が滅入《めい》るメッセージが届いていた。

「………」

私はメッセージに何も返事をすることなく、スマートフォンをしまう。

「悩みを増やさないで……」

本当に最悪の一日だ。

これ以上、ここにいても何も得られるものはないだろうし、早く帰ってしまおう。

「ジョーロ、その……相談があるんだけど、いいか？」

「えっと、どうしたの？」

応援席の前方で、一人の男子生徒が如月雨露《きさらぎあまつゆ》に声をかけた。

「ここじゃ話しづらいことだからさ、ちょっとこっちに来てくれ！」

「あ、うん……。ごめん、ひまわり。少し待っててもらっていい？」

「分かった！　じゃ、わたし、お外であまおうクリームパン食べてるね！」

別に、如月雨露《きさらぎあまつゆ》と男子生徒の会話になんて興味はない。

だけど、何となく気になった私は、如月雨露《きさらぎあまつゆ》のあとをつけていった。

❋

「実は俺、ひまわりに告白しようと思うんだ！」

「え！　ひ、ひまわりに？」

球場から外に出て、人目につかない場所まで移動したところで、男子生徒は予想外の申し出を如月雨露《きさらぎあまつゆ》へと伝えた。

如月雨露《きさらぎあまつゆ》は学内で男女問わず人気があり、相談を受けることがあるのは知っている。だけど、まさか日向《ひなた》さんに告白したいという恋愛相談なんて。

「その……、ジョーロってひまわりの幼馴染《おさななじみ》だろ？　だから、もし二人が付き合ってたりしたら迷惑だと思って……、その辺ってどうなってるんだ？」

「えっと、付き合ってないけど……」

知っている。如月雨露《きさらぎあまつゆ》は、性欲が満《み》ち溢《あふ》れすぎているがゆえに、一人に絞ることはせず様々な女子生徒から人気を得ようとしているからだ。

「そっか！　なら、俺が告白してもいいよな？　問題ないよな？」

「…………」

如月雨露《きさらぎあまつゆ》にとって、日向《ひなた》さんは重要な存在だ。

可愛《かわい》らしいし、性格もとても良《い》い。加えて、幼馴染《おさななじみ》という特別な関係性もある。そんな大切な子を、いきなり現れた男に奪われるというのは我慢ならないはずだ。

いったい、如月雨露《きさらぎあまつゆ》は何と答えるのだろう？

「うん！　いいよ！　頑張ってね！」

驚いた。てっきり、何らかの手段で日向《ひなた》さんへの告白を阻止すると思ったのだけど、如月雨《きさらぎあま》露《つゆ》は男子生徒を肯定したではないか。

「マジか！　やったぜ！　なら、俺、頑張ってみるよ！」

「ははは。けど、結果については保証しないからね？」

「もちろんさ！」

仲睦《むつ》まじく話す如月雨露《きさらぎあまつゆ》と男子生徒。

信じられない。もし、あの男子生徒と日向《ひなた》さんが恋人同士になったらどうするつもりだ？

これまで自分を偽ってきた努力が、水泡に帰すかもしれないというのに……。

「あのさ、それで良かったら、ひまわりを呼んでもらえると……」

そのくらい、自分でやりなさいよ。

決して、如月雨露《きさらぎあまつゆ》の味方になったつもりはないが、男子生徒の恋愛の姿勢に苛立《いらだ》った。

「分かった！　じゃあ、少し待っててもらえるかな？」

「お、おう！」

だけど、如月雨露《きさらぎあまつゆ》は嫌な顔一つせずに走り出し、日向《ひなた》さんを呼びに向かう。

いったい、あの男は何を考えているのだ？

日向《ひなた》さんなら、絶対に告白を断るという確信でもあるのか？

「おっまたせぇ！　んと、お話ってなぁ～に？」

「あっ！　その……えっと……」

五分後、男子生徒が待つ場所に日向《ひなた》さんがやってきた。

如月雨露《きさらぎあまつゆ》の姿は……いた。それに、大賀《おおが》君もいる。

いつもなら、試合後に合流することなく帰っていく如月雨露《きさらぎあまつゆ》だけど、予想外の事態が発生した結果、試合終わりの大賀《おおが》君とたまたま会ったのだろう。

そして、日向《ひなた》さんと男子生徒に気づかれない距離で様子をうかがっている。

如月雨露《きさらぎあまつゆ》と大賀《おおが》君の会話を聞ける距離まで、彼らに見つからないように移動をした。

「じ、実は、俺……ひまわりが好きなんだ！　だから、よかったら恋人になってほしい！」

「え⁉　わ、わたしに⁉　わっ！　わわわっ！」

男子生徒からの告白をまったく予想していなかったのか、日向《ひなた》さんの顔が真っ赤になる。

うろたえて周囲を確認。

その反応はとても新鮮で、彼女の純粋さが証明されているようにも見えた。

「ダメ、かな？」

「…………」

日向《ひなた》さんは何も答えない。だけど、それから少しすると……

「んと……、ごめんなさい。わたし、お付き合いってまだよく分からないの……。人を好きになるのもよく分からなくて、だから……ごめんなさい‼」

深々と頭を下げる日向《ひなた》さん。

彼女は、男女隔てなく誰とでも仲良くする。

だからこそ、恋愛と友情の境界線が曖昧で、自分の中でもよく分かっていないのだろう。

「そっか……。いや、謝らなくていいよ……。来てくれて嬉《うれ》しかった。……ありがとな」

「んー ん。わたしも、気持ちを伝えてくれて嬉《うれ》しかった。んと、えと……すっごく嬉《うれ》しかったから！　だから、だいじょぶ！」

何とか男子生徒を元気づけようと、握り拳を見せる日向《ひなた》さん。

だけど、自分がこれ以上いると相手を傷つけるだけだと悟ったのか、

「じゃ、じゃあ、わたしは行くね！　ほんとに！　ほんとに、ありがとね！」

何度も何度も頭を下げた後、その場を去っていった。

男子生徒は、そんな日向《ひなた》さんの後ろ姿に向けて手を振り、その姿が見えなくなると、茫然《ぼうぜん》とその場に立ち尽くしている。

「安心したか？」

「え？」

一部始終を確認したところで、大賀《おおが》君がそう如月雨露《きさらぎあまつゆ》へとたずねた。

「ひまわりに彼氏ができたら、幼馴染《おさななじみ》としては複雑かと思ってさ」

「あ～、うん……。そうだね……。まぁ、複雑だけど……」

理由はそれだけじゃないと私は考えているが、概《おおむ》ね大賀《おおが》君と同意見だ。

如月雨露《きさらぎあまつゆ》にとって、日向《ひなた》さんはかけがえのない存在。

そんな相手が、別の男に奪われなかったというのは、彼にとっては喜ばしい展開だと――

「安心はしなかったかな」

どうして？　どうして、あっさりとそんなことが言えてしまうの？

「そうなのか？」

「うん。複雑な気持ちにはなるけどさ、上手《うま》くいってほしかったよ。ひまわりのことが本気で好きで告白したんだからさ、その気持ちは届いてほしかったよ」

「お前は寂しいだろ？」

「だとしても、他人の不幸を望むのはちょっと違うかなって」

私の中で、何かが貫かれた。

同時に、自分がいかに矮小《わいしょう》な存在かを自覚させられた。

目的のために、西木蔦《にしきづた》高校の敗退を望んでいた自分。それを自覚させられたから……。

「だから、告白のサポートをしたのか？」

「まぁ、そうだね……。真《ま》っ直《す》ぐな気持ちには、真《ま》っ直《す》ぐに応えるべきだと思って……って、少しかっこつけすぎかな？」

どこか照れ臭そうに、鼻の頭をポリポリとかく如月雨露《きさらぎあまつゆ》。

だけど、その言葉に嘘《うそ》はないのだろう。

彼は性格を偽っているが、大賀《おおが》君に嘘《うそ》を伝えないから。

「……いや、いいと思うぜ！　さすが、俺の親友だな！」

「うわっ！」

どこか複雑な感情をのぞかせながらも、如月雨露《きさらぎあまつゆ》の肩を強く抱く大賀《おおが》君。

彼の気持ちは、痛いほどによく分かる。他人の不幸を望まない、自分よりも他人の幸福を優先して行動する。言葉では簡単でも、行動に移すのは難しすぎることだ。

だけど、如月雨露《きさらぎあまつゆ》はいとも容易《たやす》くそれをやり遂げる。

自分にはできないことを、簡単にやり遂げてしまう。

もしかしたら、大賀《おおが》君の感情を歪《ゆが》めてしまった本来の原因はアレなのかもしれない。

好《ビ》き《オ》な《ラ》人に好かれなかった自分、好《ビ》き《オ》な《ラ》人に好かれている如月雨露《きさらぎあまつゆ》。

認めたくないけど、認めてしまう自分もいて……、どうしていいか分からなくなる。

今まで、如月雨露《きさらぎあまつゆ》はビオラに相応《ふさわ》しくない男だと思っていた。

だけど、本当にそうなの？

如月雨露《きさらぎあまつゆ》は、自分を偽って人気者になろうとする汚い男だ。

だけど、それでも…………彼は、真《ま》っ直《す》ぐな男の子。他人の気持ちを重んじる男の子なんだ。

ビオラに相応《ふさわ》しくない、彼女のそばにいるべきではないのは…………私かもしれない……。

「よし！　じゃあ、ひまわりと合流して帰るか！」

「いや、実は用事が終わったら、先に帰ってもらうようにお願いしてるんだ」

「へ？　なんでだ？」

「もしもの時のフォローはしておきたいからさ」

そう言って、如月雨露《きさらぎあまつゆ》は茫然《ぼうぜん》と立ち尽くす男子生徒のそばへと向かっていった。

自分の大切な幼《おさな》馴染《じみ》ではなく、気持ちが届かなかった男子生徒。

彼は、そちらを優先したんだ。

「………………」

これ以上、ここにいて彼らに見つかると面倒なことになる。

そう考えた私は、何も言わずにその場を去っていった。

「ううううぅ!!　悲しいんだなぁぁ！　ひまわりたんにふられたんだなぁぁぁぁ!!　綾小《あやのこう》路《じ》颯斗《はやと》は悲しいんだなぁぁぁぁ!!」

「うわっ！　き、君、本当はそんなキャラだったの？」

泣き叫ぶ男子生徒と、慌てふためく如月雨露《きさらぎあまつゆ》の声を聞きながら。

帰り道、私はスマートフォンを取り出す。

もう一度、確認したのは試合後に届いたメッセージ。

『久しぶり、菫子《すみれこ》。あのさ、よかったら今度会えないかな？　君に伝えたいことがあって』

私にとって、最も嫌悪《けんお》すべき、できる限り会いたくない相手からのメッセージだ。

きっと、彼に会って私の素直な気持ちを伝えたとしても、私の問題は解決しないだろう。

彼の一番厄介なところは、決して諦めることのない善意なのだから。

私が取れる手段は逃げることだけ。もう会いたくない、話したくない。

だけど……

「真《ま》っ直《す》ぐな気持ちには、真《ま》っ直《す》ぐに応えるべき……なのよね」

たとえ、解決することができなくても、自分なりに向き合ってみよう。

私は、メッセージに対して『分かったわ』と返事をした。

＊

私の待ち望んでいた機会は、私が最も望まないタイミングで訪れた。

あれから数日後、高校野球地区大会決勝戦、西木蔦《にしきづた》高校は唐菖蒲《とうしょうぶ》高校に敗退した。

甲子園の夢を逃してしまったのだ。

その結果、落ち込んでいるであろう大賀《おおが》君を励ますために、如月雨露《きさらぎあまつゆ》が一人で行動を始めた。

これまでの試合では、全て西木蔦《にしきづた》が勝利していたため、一緒に来ていた日向《ひなた》さんや他のクラスメート達《たち》と一緒に喜びを分かち合い、如月雨露《きさらぎあまつゆ》が一人になることはなかった。

だけど、敗戦の時だけは別。

恐らく、大賀《おおが》君は自分が落ち込んでいる姿を誰かに見せることを嫌う人なのだろう。

それを理解しているからこそ、如月雨露《きさらぎあまつゆ》は一人で大賀《おおが》君に会いに行く。

如月雨露《きさらぎあまつゆ》を陥《おとしい》れるのであれば、この機会を逃すわけにはいかない。

だけど……

「悔しいわ」

私は、西木蔦《にしきづた》高校に甲子園へ行ってほしかった。

それは、嘘偽《うそいつわ》りのない気持ち。

たとえ、自分の計画が実行できなくても、彼らに優勝してほしかった。

自分にとって待ち望んでいた機会が訪れても、彼らの敗戦を利用する自分が、間違えたことをしているとしか思えなかった。如月雨露《きさらぎあまつゆ》を知ってしまったからだ。

彼は自分を偽っているけど、とても真《ま》っ直《す》ぐな男の子。

そんな彼を、私が陥《おとしい》れていいの？　いえ、そもそも……私の計画は上手《うま》くいくの？

「やってみないと分からないわ……」

自分の中に残された僅かな憎悪《ぞうお》を懸命にかき集め、私は行動をする。

如月雨露《きさらぎあまつゆ》はビオラを傷つけた。ビオラをないがしろにした。

だから、許さない。
複雑な感情に何とか整理をつけて、私は球場の北口から外に出る。
如月雨露《きさらぎあまつゆ》が、やけに急ぎ足で北口から出て行くところまでは確認できた。
ただ、そこから彼の姿を見失ってしまったのは失敗だ。
いったい、如月雨露《きさらぎあまつゆ》はどこに……
「あっぢぃぃぃぃぃ！」
聞こえたわ。耳に響くだけで、私の中の二つの感情が呼び覚まされる声。
一つは、苛立《いらだ》ち。そして、もう一つは……自分でも正体の見えない感情。
「あー……。ソースの匂いがやばいな」
如月雨露《きさらぎあまつゆ》が両手いっぱいに抱えているのは、パックに入った何らかの食べ物。
恐らく、大賀《おおが》君を励ますために、彼の好物を大量に購入していたのだろう。
まったく、なんて非合理なことをする人なのかしら？
あんな量、二人で食べきれるわけがないじゃない。
しかも、待っている場所もひどいわ。
この炎天下の中、日差しをさえぎるものが何もない場所で待ち続けているじゃない。
大賀《おおが》君を見つけやすい場所なのは分かるけど……、本当におバカさんなんだから。
「っとと……。サンちゃん、大丈夫かな？」

アレが、彼の本性なのね。

これまで、学校で見ている時は反吐《へど》が出るような無害な男を演じていたけど、今は周りに西《にし》木《き》蔦《づた》高校の生徒がいないこともあってか、本来の性格を隠すつもりはないようだ。

ふふっ。初めて本当の彼とお話が……違うでしょう。そんな気持ちを持つ必要はないわ。

「まぁ、これを食えば少しくらい元気が出んだろ。サンちゃん、串カツ大好きだもんな」

小さく深呼吸をして、胸元で拳を握りしめる。

自分の中に生まれている、別の感情を握りつぶすために。

思い出しなさい。如月雨露《きさらぎあまつゆ》さえいなければ、私はビオラと西木蔦《にしきづた》高校に通えていたの。

今、あそこに立っている男は、その望みを消滅させた憎むべき相手よ。

「……それだけ。それだけよ」

自分に言い聞かせる。これは、ビオラのために必要なことだ。

あんな男を好きでいるなんて、間違っている。だから、助けなければいけない。

何とか自分を正当化して、歩を進める。

これは必要なこと。だから、やり遂げないといけないわ。

……ビオラのために。

「……ねぇ」

「うぉ！　なんだ…………うぉぉぉぉぉ！」

「二回も驚くなんて、面白い人ね」

素っ頓狂な叫びが二回。まるで知性を感じさせない振る舞いね。

もはや、猿のほうがマシなのではないかしら？

心の中で、毒を漏らす。

「あー……ごほん！　お、俺に何の用だ……すか？」

どうやら、私の本来の姿は彼のお眼鏡にかなったらしい。

はぁ……。やっぱり、エッチな人なのね。胸元ばかり見ないでほしいわ。

「別に無理して敬語を使わなくていいわよ。私も使っていないでしょ？」

「そ、そう……ですか？」

「ええ。むしろ、敬語じゃない方が嬉《うれ》しいわ」

――本当の貴方《あなた》とお話したいもの。

私の心に生まれた、正体の見えない感情がそう言った。

「分かった。なら、こっちで対応させてもらおう」

「貴方《あなた》の切り替えの早さ……すごいわね」

胸に湧くのは嫌悪感《けんおかん》ではなく、歓喜。

その感情に気づかないふりをするために、背中で繋《つな》いでいる自分の手を強く握りしめる。

「んじゃ、さっきも聞いたけど、俺に何の用だ？」

余裕ぶった態度をしているつもりなのだろうけど、明らかに声が上ずっている。

大方、ロクでもないことに期待して、胸を膨らませているのだろう。

仕方ないわね。特別に、期待に応えてあげるわ。

「貴方《あなた》に興味を持ったから話しかけたの。迷惑だったかしら？」

「い、いや、まったく迷惑じゃねぇぞぉ！」

私の人生史上、ここまで下心に満《み》ち溢《あふ》れた笑顔は初めてね。

なんてグロテスクな笑顔なのかしら……。でも、少しだけ可愛《かわい》いかもしれないわ。

「ねぇ、貴方《あなた》も私に興味を持っているのかしら？」

「ああ。興味津々《きょうみしんしん》だな」

「それは嬉《うれ》しい発言ね」

間違えてはダメ。私の計画は、如月雨露《きさらぎあまつゆ》を罠《わな》にはめて、ビオラの目を覚ますこと。

そして、如月雨露《きさらぎあまつゆ》と大賀《おおが》君の絆《きずな》を破壊すること。

そのために必要な感情以外は、……見てはダメよ。

「そいつはお互い様だ。俺もさっきから嬉《うれ》しい発言だらけだ」

あと少し、あと少しよ……。

あとは如月雨露《きさらぎあまつゆ》に、大賀《おおが》君よりも自分の欲望を優先した行動をとらせればいい。

そして、その事実をビオラに伝えてしまえばいい。

成功すれば、ビオラの中から如月雨露《きさらぎあまつゆ》への気持ちを消し去って、彼女は新しい一歩が踏み出せるかもしれない。

今よりも、もっと私と仲の良《い》いお友達になってくれるかもしれない。

「なら、一つ提案をしてもいいかしら？」

「ん？　構わねぇぞ」

「私、この暑さと日差しで、少し疲れちゃったの。だから、どこか涼しい場所……そうね。たとえば喫茶店とかに二人で移動してから、ゆっくりお話したいんだけど……。ダメ？」

期待と下心に満《み》ち溢《あふ》れた、前のめりな態度。

これでおしまい。如月雨露《きさらぎあまつゆ》、貴方《あなた》は――

「あ～。わりぃ。そりゃ無理だ」

そうよね……。貴方《あなた》はそういう人よ……。

自分の気持ちよりも、他人を優先できる人だものね……。

「なぜかしら？」

自分の中に芽生えた感情が、暴走する。

この気持ちを、予感から確信へと変えようとする自分が止められない。

「俺、ここで人を……待ってんだよ」

「それって、彼女さんかしら？」

「あれが彼女だと、俺は同性愛者になってしまうな」

「衝撃の事実ね」

「肯定してないけどね！　ぜんっぜん違うけどね！」

「安心したわ」

もし、そうだとしたら色々と考えを改めなきゃ……違うでしょ。

まだ、計画は失敗していないわ。

少しでもいい。少しだけでも、如月雨露《きさらぎあまつゆ》に大賀《おおが》君をないがしろにする行動を……

「わりぃな。俺が待ってる奴《やつ》って、すっげぇ落ち込んだ時、誰にも言わねぇで、自分で抱えちまう奴《やつ》なんだ。だからちとほっとけなくてな。そいつが来るまで、俺はここから動かねぇ」

私は、いったい誰のために行動をしているのだろう？

ビオラのために、ビオラの幸せを考えて、如月《きさらぎ》君を陥《おとしい》れようとしていると思っていた。

でも、本当にそうだった？　……違う。

私は、私のために、私の幸せのために如月《きさらぎ》君を陥《おとしい》れようとしていたわ。

中学生の時、壊れそうだった私の心を救ってくれたビオラ。

私にとってかけがえのない、たった一人の大切なお友達。

いつも、彼女にとっての一番になりたいと考えていた。だけど、それは叶《かな》わない。

出会った時から、ビオラの一番は決まっていたから。

それが悔しかった。それが羨ましかった。

だから、その地位を得るために私は……

「そう……。なら、今日じゃなければいいのね？」

今の自分が、たまらなく滑稽に見える。

今の自分が、たまらなく小さく見える。

嫌悪《けんお》する本来の姿を利用して、嫌悪《けんお》していた人達《ひとたち》と同じ行動を取って……、今、目の前にいるこの人は、自分ではない誰かのために懸命に行動しているというのに……。

私は、何をやっているのだろう？　どうして、この人はこんなに素敵なのだろう？

「おう。そりゃもちろん。つうわけで、連絡先と名前を教えてくれ」

「教えるのは構わないのだけど、一つ、条件があるわ」

「条件？」

……ダメ。ダメよ、これ以上お話をしてはダメ。

必死に訴えるが、それでも私は止められない。

自分の中に生まれている、初めての感情をコントロールできていない。

「……そうね。これを一本、もらえないかしら？」

ジョーロ君、貴方《あなた》はどうするのかしら？

その串カツは大賀《おおが》君のために用意した、大切なものよね？

沢山あるからといって、私に――

「貴方《あなた》とお話しした記念になる物がほしいの。一本くらい、いいわよね？」

「あー……。重ねてわりぃが、それも無理だ」

そんなあっさりと、私の一番聞きたい言葉を聞かせないでちょうだい。

「どうして？」

どうして、貴方《あなた》はそんなに自分をないがしろにできるの？

どうして、貴方《あなた》はそんなにあっさりと自分の望みを放棄できるの？

教えてほしい。その強さを、私が持ちえなかったその強さを手に入れる方法を。

向けてほしい。その強さを、私にも……。

「これ、俺のじゃねぇんだよ。待ってる奴《やつ》のなんだ」

「貴方《あなた》のお金で、貴方《あなた》が買ったものでしょ？」

「まぁ……そうだけどよ……。とにかく、これはやれねぇよ」

「こんなに沢山あるのに？」

「こんなに沢山あるのにだ」

「そう。残念だわ……」

本当に、心からその言葉を告げた。

全て理解できてしまった。なぜ、ビオラがジョーロ君に対して、恋心を抱いてしまったか。

私達《わたしたち》は弱い。誰かのために行動できるほど、強い人間ではない。

そして、そんな弱さを自覚しても、強くなろうとしていない。

守ってほしい、助けてほしい。そばにいてほしい。

どこまでも情けない自分。そんな自分を、無理矢理にでも受け入れさせられる。

「でも、嬉《うれ》しくもあるわね。貴方《あなた》のこと、色々知ることができたし」

胸の内に湧くのは、幸福感と罪悪感。

ビオラが選んだ男の人は、ビオラの男の人を見る目は間違えていなかった。

ジョーロ君は、とても素敵な人。自分のためじゃなくて、誰かのために行動できる強い人。

だけど、だからこそ……、私の心までもかき乱す。

……ダメよ、ビオラが悲しむわ。ビオラが苦しんでしまうわ。

だから、言ってはダメ。絶対に、ここから先の言葉を――

「だから、また今度会って、いっぱいお話しましょうね。私、貴方《あなた》と話せるのとても楽しみにしてるから」

抑えきれなかった。

自分の中に芽生えてしまった初めての感情に翻弄された私は、ビオラのことさえ忘れて、気持ちのままに言葉を伝えてしまった。

「おう。んじゃ連絡――」

「その時は、優しくしてくれる？」

貴方《あなた》のその優しさを、私にも分けてくれるの？

ずっと一人ぼっちだった私を、何をしても望みが叶《かな》わなかった私を助けてくれるの？

「俺にできる範囲で、可能な限り善処しよう」

中途半端《ちゅうとはんぱ》な答え。だけどその中途半端《ちゅうとはんぱ》さが、彼の誠実さを表しているようで、ますます私の中の気持ちが大きくなってしまう。

「約束を破ったら、とてもいじわるするからね？」

「破るわきゃねぇだろ。俺はやると決めたらやるタイプだ」

「安心したわ。それじゃあ、私は行くわね」

「へ？」

ダメ。これ以上はダメよ。

これ以上、ジョーロ君とお話をしていたら、私は私が抑えられなくなる。

本当に、取り返しのつかないことをしてしまう。

だから、逃げないと……。今すぐにでも、ここから離れないと……。

「お、おい！　それなら、連絡先と名前を……」

発熱する顔をジョーロ君に見られないために、私は彼に背を向ける。

なのに、ジョーロ君が私に名残惜しそうな言葉をかけてくれるものだから、熱が強くなる。

やめて。これ以上、私を喜ばせないで……。

「覚えておいてね。私って、うんと寂しがり屋で、とびっきりの甘えん坊さんだから」

胸の内に湧いた願いを、彼に告げる。

ねぇ、ジョーロ君。私、何をやっても上手《うま》くいかないの。

ほんの少しの希望も、叶《かな》ったことがないの。

でも、それでも幸せになりたいの。

だけど、貴方《あなた》みたいに、誰かの幸せのために行動ができる程強くないの……。今だって、あれだけ大切に想《おも》っていたはずのビオラよりも自分の気持ちを優先してしまっているの。

そんな私を助けてほしい。歪《ゆが》んでしまっている自分を助けてほしい。

願いと同時に生まれる苦しみ。今の感情を言葉にすることができない。

私が、言葉にできるのはたった一つだけ。

「ビオラに、なんて言えばいいのよ……」

私は、決して好きになってはいけない人を、好きになってしまった。

第五章

俺は助けを求める

──十二月二十九日。

昨日の夜、もう一度アイツに電話をかけた。繋《つな》がらない。

スマートフォンから聞こえてくるのは、変わらず留守番電話サービスの無機質な音声だけ。

もしかしたら、かけ直してくれるかもしれない。

そんなありもしない希望を抱いてスマートフォンを一時間ほど眺めたところで、自分がストーカーじみた行動をしていると感じて、スマートフォンを見るのをやめた。

大晦日《おおみそか》まで残り三日。

待ち合わせ場所に向かう途中、俺はとある相手へと電話をかけた。

『どうした、ジョーロ?』

繋《つな》がった。いつもの熱血感溢《あふ》れる声ではない冷静な声だが、電話が繋《つな》がったという事実が俺を安堵《あんど》させる。

「よう、サンちゃん。今、ちょっと時間あるか?」

『大丈夫だぞ。ちょうど待ち合わせ相手が来なくて、暇してるからな』

少し不機嫌な声。

恐らく原因は、俺が電話をかけたことではなく、待ち人が来ないからだろう。

その相手が誰かは想像がつくが、……なんていうか珍しいな。

あの子は、遅刻をしそうにない真面目なイメージがあったんだけどな。

「なら、聞いてくれ」

だけど、それを俺が気にする必要はない。

俺がすべきことはたった一つ。……伝えるだけ。

サンちゃんが精一杯ヒントを伝えてくれたように、俺も自分がやるべきことを伝えよう。

「パンジーをパンジーに成らせてみせるよ」

『……そっか』

どこか温かい声。

こんなあやふやな言葉で伝わるんだから、本当に親友ってのはありがたい存在だ。

『分かった！　なら、そっちはジョーロに任せる！　頼んだぜ、親友！』

「任せてくれよ。……ありがとな」

『ははっ！　気にするなよ！　じゃあ……』

「ああ」

これで、俺とサンちゃんの電話はおしまい。

切り際、スマートフォンから「一華《いちか》、来ないなぁ。何してるんだ？」なんて独り言が聞こえてきた。やっぱり、待ち合わせ相手は俺の予想通りの相手だったようだ。

　何も予定が入ってなければ、サンちゃんに待ち合わせ場所で待機してもらって、俺が牡丹《ぼたん》を探すなんてこともできたのだが、残念ながら俺は俺で予定がある。

　なんせ、今日も……

「よう。……パンジー」

「ええ。こんにちは、ジョーロ君」

　虹彩寺菫《パンジー》と会う約束があるのだから。

「今日も会ってくれてありがとう。とても嬉《うれ》しいわ……」

　十三時、駅前。言葉と一致しない、憂鬱さを含んだ笑顔。

　その原因は、昨日『ヨーキな串カツ屋』に現れた予想外の介入者《たんぽぽ》が原因だろう。

　虹彩寺菫《パンジー》にとっては幸いか、あの後たんぽぽは休憩時間が終わったということもあって、上機嫌にアルバイトへと戻っていった。

　だが、それでたんぽぽが俺に伝えてしまった事実が消えるわけではない。

　虹彩寺菫《パンジー》の通っている高校は、唐菖蒲《とうしょうぶ》高校。

　それを俺に知られることは、虹彩寺菫《パンジー》としてはできる限り避けたい事態だったのだろう。

『ヨーキな串カツ屋』で飯を食い終わった後、「今日はここまでにするわね」と力なくつぶやかれた言葉と共に、昨日のデートは終了した。

帰り道、いつものように駅まで送ったが、その間に会話はなし。それでも、決して俺の手を放さず、どんなことがあっても離れないという強い意志が伝わってきた。

「あ、あの……、ジョーロ君。昨日は、突然帰ってしまってごめんなさい……」

たどたどしい謝罪。だけど、決して俺から目を逸《そ》らさない。

どれだけ予想外の事態が起きようと、自分のやることは変わらない。

それを行動で示しているような気がした。

「いや、気にしないでくれ。………で、今日は何をしたいんだ？」

「『一つの思い出に、一つの事情』。私にとって、一番大切な事情をジョーロ君に伝えたいわ」

まだ虹彩寺菫《パンジー》について分からないことは多い。だけど、一つ確かなことがある。

それは、こいつが俺のことを本気で好きでいてくれているということだ。

「分かった。……えっと、それはここで済ますのか？」

「違うわ。貴方《あなた》と一緒に、必ず行きたい場所があるのだもの」

「必ず行きたい場所？」

「ええ。私が、ジョーロ君と行きたい場所は……」

答えを聞く前に、俺は虹彩寺菫《パンジー》がどこに行きたいかを理解できていた。

それは、俺と『パンジー』にとって始まりの場所。

本来であれば、虹彩寺《こうさいじ》菫《すみれ》がいたかもしれない場所。

「西木蔦《にしきづた》高校の図書室よ」

※

歩くこと十分。西木蔦《にしきづた》高校の校門をくぐり、事務所で簡単な手続きを済ませた後、俺達《おれたち》は校舎へと足を踏み入れる。

「やっぱり素敵な学校ね」

俺の腕を抱きしめながら、校内の様子を見る虹彩寺菫《パンジー》。

三日前に訪れた時も、虹彩寺菫《パンジー》は興味深そうに校舎を見回していた。

「別に大したことはねぇだろ？　どこにでもある普通の高校だ」

「ジョーロ君がいるだけで、私にとっては特別な高校よ」

「……そうですかい」

簡単な雑談を交えながら校舎を進み、いよいよ目的に到着。

その扉を開くと……、

「ここが、西木蔦《にしきづた》高校の図書室なのね」

そこには、誰もいなかった。

冬休み初日。たった一日だけアイツと恋人として過ごした……俺にとって最後となるはずだった図書室。あの時は、受験勉強のために使っている三年生もいたんだが、さすがに二十九日という年末間近にまでやってきている生徒は誰もいないようだ。

「一応聞いておくが、どうしてここに？」

「一番大切な事情を伝えるのに、ここ以上に最適な場所はないと判断したからよ」

虹彩寺菫《パンジー》にとって、一番大切な事情。

それが何かは分からない。だけど、どんな内容であろうと、昨日までの俺だったら何も疑わずに全てを受け入れていただろうな。

目の前で光り輝くハッピーエンドに向けて、歩を進めていただろう。

「あのね、ジョーロ君」

「少し待ってもらえねぇか？」

虹彩寺菫《パンジー》の言葉を遮る。

俺がこれから向かう先が、ハッピーエンドに続いているかなんて分からない。

だけど、そんなもんは関係ねぇんだ。

どれだけ最悪の結末だろうと、どれだけ望まれていない未来だろうと、

「その前に、俺から話したいことがある」

やると決めたらやる。それが俺のモットーだ。

「話したいこと？」

「俺と『パンジー』の話を、ちゃんと伝えておきたいんだ」

虹彩寺菫《パンジー》の事情を聞きたいと思う自分は、確かに存在する。

虹彩寺菫《パンジー》を受け入れるべきだと考えている自分は、確かに存在する。

だけど、その前にちゃんと伝えたほうがいいと思ったんだ。

二年生になってからの、俺と『パンジー』の物語を。

俺が、『パンジー』をどう思っていたかを……。

「………………」

俺の申し出に、虹彩寺菫《パンジー》は何も答えない。

ほんの一瞬、俺の中に存在するもう一つの感情が、「てめぇの話なんてどうでもいいから、さっさと虹彩寺菫《パンジー》の事情を聞け」と訴えてきた。

うるせぇ。てめぇは黙ってろ。

「興味ねぇか？」

「ジョーロ君のことで、興味がないお話があるわけがないじゃない」

読書スペースに向かい、腰を下ろすと、虹彩寺菫《パンジー》は俺の右隣に腰を下ろす。

そこは、『パンジー』の定位置。

何か妙なこだわりでもあるのか、『パンジー』はいつも俺の右隣に座っていた。

ヒイラギが、お得意の人見知りを発揮して『知らない人がいっぱいいて、怖いの！　ジョーロの隣なら安心なのぉ～！』と、何の悪気もなくその席を占拠した時は、『ヒイラギ、そこは私の席よ』と珍しく怒りを露《あら》わにしていたっけな。

「聞かせてちょうだい。ジョーロ君と『パンジー』のお話を」

甘くささやかれた言葉。その声には、全てを受け入れるという覚悟と、どんな困難にでも立ち向かおうという決意が宿っているような気がした。

「ああ」

まずは深呼吸を一つ。

これから、俺が虹彩寺菫《パンジー》に話すことは、正直かなり恥ずかしい内容だ。

だから、話すのは一度だけ。そのたった一度を、虹彩寺菫《パンジー》に伝えよう。

「俺、最初は『パンジー』が大嫌いだったんだ。人がメチャクチャへこんでる時に、脅しがてら告白してきたんだぜ？　完全に、頭のイカれた奴《やつ》だと思ってたよ」

初めてアイツから告白された時、『俺はてめぇと付き合うつもりはない』って言ったら、『私もよ』って返事が来た。あの時は意味が分からなかったが、もしかしたらアイツは……

「当然じゃない。『パンジー』はどんな手段を使ってでも、ジョーロ君のそばにいたいのですもの。仮に、ただ純粋に告白をされていたとして、貴方《あなた》は受け入れていたかしら？」

「まぁ、受け入れなかっただろうな」

「でしょう？　それなら、脅すしかないじゃない」

問答無用で、正当化しないでほしい。

やられたほうは、たまったもんじゃねぇんだっつうの。

「そこから、無理矢理『パンジー』と過ごす時間が始まったんだけどよ、これが予想外に楽しかったんだよ。生産性の無い口喧嘩《くちげんか》ばっかりだったけどさ」

「ジョーロ君と二人でお話ができるなら、それだけで十分に生産性はあるわ。少しでも沢山の思い出が欲しい。そのためには、沢山お話をしないと」

きっと、『パンジー』もそう考えていたのだろう。

だから、無言の時間をほとんど作らず、隙あらば自分にとって都合のいい話題をふってきた。

意味のないと思っていたことには、全部意味があったんだ……。

「それで、ジョーロ君は『パンジー』とお話をしてどう思った？」

「案外、悪い奴《やつ》じゃないんだなって思ったよ。鬱陶しいことは多々あったけどよ、いつも真《ま》っ直《す》ぐに俺を好きだって言ってくれるのは、……やっぱ嬉《うれ》しくってさ」

「なら、これからも沢山言ってあげるわね。……ジョーロ君、大好きよ」

「ありがとよ」

大好き。シンプルな言葉。言おうと思えば、いくらでも言える言葉。

なのに、俺はその言葉を言えなかった……。

終業式に告白をした時も、その後に一度だけ会った時も、俺は言えなかった。

俺は『パンジー』に苦労させられたけど、それと同じくらい……いや、それ以上に『パンジー』は変な意地を張る俺に苦労させられたんだろうな。

「『パンジー』は、どんな時でも俺の味方だった。どんな時でも、俺のことを最優先で考えて行動してくれていた。そこまでされて『嫌い』だなんてどうしても思えなくてさ、素直に認めたくはなかったけどよ……『嫌い』じゃなくなったんだ」

「それは、『好き』ということ？」

「よく分からなかった。あの頃……一学期の初めは、胸を張ってそう言えるほどの気持ちはなかったと思う。だけど、そばにいたいとは思ってた。……ま、俺は捻《ひね》くれ者《もの》だから、思っても行動にうつさなかったけどな」

俺は、『パンジー』のそばにいたかった。けど、俺はそれを伝える勇気がなくて、もしも自分といることで傷ついたらどうしようなんてビビっちまって、そばにいないようにした。

だから、あの一学期最初の事件が終わった後も、一部始終を伝えるなんて口実を作って、偉そうに『パンジー』に会いに行って……、それで終わりにするつもりだった。

「多分、『パンジー』はそこまで読んでたんだろうな。だから、更にとんでもないことをしやがったんだよ」

「何かしら？」

「自分の本当の姿を、俺に見せたんだ」

あの時、『パンジー』が自分の本来の姿を見せた本当の理由。

大義名分を与えるためだ。

『「パンジー」が可愛《かわい》いから、性格は好みじゃないけど、その姿を見るために図書室に行く』

支離滅裂でどうしようもない言い訳。

それを俺にさせてくれるために、あんなことをしてくれたんだ。

本当は、メチャクチャ恥ずかしかっただろうにな……。

「ジョーロ君が素直じゃない分、頑張らないといけないのだから当然よ」

まるで、自分のことのように話す虹彩寺菫《パンジー》。「自分がそこにいたら、同じことをしていた」

という強い気持ちが伝わってきた。

「だろうな。本当に、なんでこんなに捻《ひね》くれちまってるのかね、俺は」

「捻《ひね》くれていなかったら、ジョーロ君じゃないわ。……ふふっ」

虹彩寺菫《パンジー》が上機嫌に俺の右肩へ、自らの頭部を乗せる。

俺は、それを振り払うことはしなかった。

「ねぇ、ジョーロ君。それで、貴方《あなた》はいつ『パンジー』が好きになったの？」

「自覚をしたのは大喧嘩《おおげんか》をして仲直りをした時だ。許してもらえた時はすっげぇ嬉《うれ》しくさ、あの時、俺は自分が『パンジー』を好きなことに気がつけた」

「なら、すぐにでも恋人になればよかったのに、どうしてならなかったの？　恥ずかしくて、素直になれなかったから？」

「いや、ちげぇよ」

ここからが、俺の非常に面倒なところだ。

確かに、俺は『パンジー』が好きだった。だけど……

「他にも好きな子がいたからだ。なんか知らねぇけど、高校二年生になってからやけに人気が出始めてな。魅力的な女の子が多くて、誰が好きか分からなくなって……」

「ジョーロ君、それは半分本当で、半分嘘《うそ》ね？」

「…………」

「貴方《あなた》が、他にも好きな子がいたのは本当。でも、誰が好きか分からなくなって伝えなかったというのは嘘《うそ》」

本当に、俺のことをよく分かってるな。

「貴方《あなた》は、みんなの絆《きずな》を守ることを優先したのね？　もし、自分が誰か一人と特別な関係になってしまったら、これまでに紡《つむ》いできた絆《きずな》が失われてしまうかもしれない。……それを阻止するために自分の欲望よりも、『パンジー』の……いえ、みんなの絆《きずな》を守ることを優先した」

「どうだったかな……。結果として、メチャクチャ怒られたしな」

マジで、あの地区大会の決勝戦の最後は最悪だったよ。

全員と付き合いたいって言ったら、怒涛《どとう》の勢いで怒られたからな。

まぁ、どう考えても俺が悪くて、当然の結果ではあるのだが……。

「大丈夫よ。本当は嬉《うれ》しかったと思うから。『パンジー』が高校生になってやりたかったことは、『ジョーロ君の恋人になること』、そして『沢山のお友達と過ごすこと』ですもの」

後半は、初めて知ったな……。けど、言われてみればそうだったのかもな。

『パンジー』は、友達ができるたびにいつも喜んでいた。普段は無感情な表情をしてるくせに、友達と一緒にいる時は小さく笑っていて……綺麗《きれい》だったよな……。

「だからジョーロ君は、一学期ではなく二学期に『一人だけ、特別大好きな女の子』と恋人になったのね。問題を先送りできる限界ギリギリまで粘ってから、自分の中の気持ちにしっかりと整理をつけてから……」

「まぁ、そういうことになるな。……自分のためってのもあるが」

みんなと一緒にいられる居心地のいい図書室。

それを少しでも長い間楽しめるように、俺は問題を先送りした。

けど、俺達《おれたち》が高校生である以上、いつかは『卒業』という別れが必然的に訪れる。

その限界が、二学期の終業式。

だから、俺はうやむやだった関係に決着をつけて、大切な絆《きずな》を破壊したんだ。

「二学期になっても色々あったよ。妙な事情で偽《にせ》彼氏をやる羽目になったり、体育祭でスポーツそっちのけで屋台の売り上げを競ったり、喧嘩《けんか》をした友達と仲直りをしたり、修学旅行で初恋の子に再会したりさ」

「最後のは聞き捨てならない話ね……。詳しく聞かせてもらえるかしら？」

「べ、別に大したことじゃねぇよ！　ちょっと昔にトラブってた話があったから、そいつをどうにかしただけだって！」

「ジョーロ君が、そう言うなら信じるわ」

ビックリした……。虹彩寺菫《パンジー》のやつ、いきなり不機嫌にならないでくれよな。

俺のもう一人の幼馴染《おさななじみ》……ライラックとの話は、もう決着がついてるんだって。

「んで、二学期も色々……本当に色々と経験して、終業式に俺は『一人だけ、特別大好きな女の子』に気持ちを伝えて、恋人同士になったんだ」

「それが、『パンジー』だったのね」

「ああ。俺が『一人だけ、特別大好きな女の子』は、『パンジー』だ」

鬱陶しい毒舌、異常なまでのポジティブシンキング、どんな時でもはっきりと気持ちを伝えてくる『パンジー』。俺は、『パンジー』が一人だけ、特別大好きなんだ。

「……ねぇ、ジョーロ君」

僅かな間を置いた後、虹彩寺菫《パンジー》が俺に問いかける。

「私は、これからも貴方《あなた》の恋人としてそばにいていい？　……いえ、違うわね。私は、『パンジー』じゃなくて、『虹彩寺菫《パンジー》』として貴方《あなた》の恋人でいたい」

自らの手を俺の手の上に重ね、優しく握りしめる。

『パンジー』ではなく、『虹彩寺菫《パンジー》』として、俺の恋人になる。

そうだな。てめぇは一貫して、そのためにだけ行動してるよな……。

「分かっているのでしょう？　貴方《あなた》のそばにいたあの子は、借り物。本当の自分を見せる勇気がなくて、偽物《にせもの》として振る舞うことで自分を隠し続けていた弱い女の子。臆病で情けなくて、『パンジー』じゃなくなったら何もできなくなる子。……だから、逃げ出した」

手を重ねた後、次に虹彩寺菫《パンジー》は体ごと俺に寄り添った。

気のせいかもしれないが、その声にはどこか不本意な意志が混ざっているような気がした。

「でも、私は違うわ。どんな困難でも立ち向かってみせる。……当たり前でしょう？　だって、私は本物の『パンジー』だもの」

これが『今日の事情』だろう。

『パンジー』は嘘《うそ》をつかない。だから、虹彩寺菫《パンジー》のこの言葉は恐らく真実なのだろう。

寄り添った体のうち、頭部だけを動かして真《ま》っ直《す》ぐに俺を見つめる。

俺が少しだけ顔を前に出したら、唇が触れてしまいそうな距離だ。

徐々に近づいてくる虹彩寺菫《パンジー》の綺麗《きれい》な顔。その美しさに引き込まれそうになるが、

「たとえそうだとしても、俺は確認するつもりだ」

まだ、俺はそこに行くつもりはない。

「何をかしら？」

クリスマス・イヴから今まで、俺は一度もアイツの名前を呼んでいなかった。

きっと、分からなくなったからだ。

俺が好きになったのは、アイツなのか、アイツが演じる『虹彩寺菫《パンジー》』だったのか。

でも、分かっていることもある。

アイツは、もう『パンジー』ではなくなった。

本当の自分になった。

だからこそ、俺はもうアイツを『パンジー』とは呼ばない。

俺が確認すべきは……


「三色院菫子《さんしょくいんすみれこ》の本当の気持ちをだよ」

たんぽぽは、言っていた。三色院菫子《さんしょくいんすみれこ》は、俺のことが好きだったと。

だとしたら、今の状況は確実におかしい。

一学期、そして二学期と、三色院菫子《さんしょくいんすみれこ》は他のライバルに負けないように奮闘してきた。

だけど、それを虹彩寺菫《パンジー》にだけはやらなかった。そこに、何も理由がないなんて有り得ない。

まだ、何かがある……。

三色院菫子《さんしょくいんすみれこ》と虹彩寺菫《こうさいじすみれ》には、大切な友達以上の何か別の絆《きずな》が存在するんだ。

「どうやって？　貴方《あなた》は、あの子には会えないわよ。電話は繋《つな》がらない、味方になってくれる人も誰もいない。たんぽぽは協力してくれるかもしれないけど、あの子は恐らくあれ以上何も知らないわ。そんな状態で……」

「ちげぇよ。間違ってるぞ、パンジー」

「間違っている？」

たんぽぽは、十分過ぎるほど俺を助けてくれた。

とびっきりのホームランを打ってくれたんだ。

たんぽぽのおかげで、俺は辿《たど》り着《つ》けたんだからな。

俺の周りの奴《やつ》が全員敵になった時、俺が独りになった時、俺が間違った行為をとったとしても、絶対に俺に協力してくれるって言ってくれた……

「俺の味方は、もう一人いるんだ」

その存在を、俺に思い出させてくれた。

「………」

「虹彩寺菫《パンジー》。てめぇが、俺に自分の高校を隠した理由は、クリスマス・イヴが原因だな？　俺が大慌てで向かった『ヨーキな串カツ屋』に、てめぇにとって予想外の人物が二人いたから」

普段からほとんど自分の声で喋《しゃべ》らず、スマートフォンで会話をする少女。

いつも笑顔で明るくみんなを引っ張るが、奇想天外なドジを頻繁に引き起こす少女。

西木蔦《にしきづた》高校ではなく、唐菖蒲《とうしょうぶ》高校に通っている二人の女の子。

あの二人がいたからこそ、虹彩寺菫《パンジー》は自分の高校を俺に伝えなかったんだ。

「あいつらと俺が繋《つな》がってるってことは、必然的に見えてくる関係がある。てめぇにとって、最高に厄介な相手が見えてくる。そいつは、今の状況を知ったら、間違いなく介入してくる。それを避けたくて、てめぇは自分の高校を隠してたんだよな？」

「言いたくないから言わないわ」

ぶっちゃけ、あの男を頼ることはできる限り避けたかった。

けど、背に腹は代えられねぇ。残念ながら、俺は非力なモブだ。

だからこそ、自分ではどうにもできねぇ問題にぶち当たったら、頼るしかねぇんだ。


「久しぶりだね。……虹彩寺《こうさいじ》さん」


憎たらしい主人公様をな。

図書室の扉を開き、現れたのは一人の男。

その男の姿を確認するなり、虹彩寺菫《パンジー》は露骨に敵意をむき出しにした視線を向けた。

「はぁ……。やっぱり、貴方《あなた》とジョーロ君は繋《つな》がっていたのね……。その下賤《げせん》じみた視線を私に向けるのはやめてくれるかしら？　反吐《へど》が出るから」

容赦のない毒舌。俺以外の相手に、虹彩寺菫《パンジー》が毒舌を放つのはこれが初めてだ。

まぁ、虹彩寺菫《パンジー》の性格的にこいつは嫌われるだろうな……。

いつも、女の子にチヤホヤされてばっかだから、正直ちょっとざまぁみろと思ってしまう。

「ひどい言い様だなぁ。これでも、結構成長したつもりなんだけど？」

「その成長は、果たして私にとって好都合な成長かしら？」

「どうだろうね？　別に僕は、君のためにここに来たわけじゃないからね。……っていうかさ、ジョーロ。僕は、『困った時は、僕のところに来い』って言ってたんだけど？　なんで、僕が呼び出されてるわけ？」

虹彩寺菫《パンジー》に罵倒された分の不満も乗せた視線を、俺に向ける。

俺に呼び出されて、わざわざ西木蔦《にしきづた》高校の図書室までやってきた男。

それは……、

「折角だから、『パンジー』にも会ってほしかったんだよ……ホース」

葉月保雄《はづきやすお》。唐菖蒲《とうしょうぶ》高校の図書委員で、俺の上位互換の男だ。

「別に、私が葉月《はづき》君と会う理由なんて……」

「まぁ、同じ学校の図書委員同士だからね」

「……っ!!　本当に貴方《あなた》は、私にとってもあの子にとっても、厄介な人ね……」

二学期の終盤、俺が唐菖蒲《とうしょうぶ》の図書室を手伝いに行った時、話だけは聞けたが会うことのできなかった『一人目の図書委員』。

その正体は、虹彩寺菫《バンジー》だったんだ。

だからこそ、三色院菫子《さんしょくいんすみれこ》はリリスや唐菖蒲《とうしょうぶ》の生徒から、『一人目の図書委員』の話を聞いていたんだ。

自分の大切な友達が、いったいどんな高校生活を送っているかを知りたくて。

「あ、立ったまま話すのもアレだし、座ってもいいかな？」

「私としては、今すぐにでもここから消えてほしいのだけど、その望みは叶《かな》わないかしら？」

「残念だけど、無理だと思うよ。今から、僕はジョーロに全部伝えるつもりだから」

淡泊な表情のまま、俺と虹彩寺菫《バンジー》の正面に腰を下ろすホース。

いいぞ！　さすが、主人公！

俺では手も足も出なかった虹彩寺菫《バンジー》と、何だかいい勝負をしているじゃないか！

「まずは、虹彩寺《こうさいじ》さん。君とこうして話すことができて、本当に嬉《うれ》しいよ。言っておくけど、すごく心配してたんだからね？」

「心配してほしいと頼んだつもりはないわ」

「ははっ。そうかもね。じゃあ、そろそろ本題に入ろうか。……構わないよね？」

「ダメと言っても、話すのでしょう？　好きにすればいいわ。……たとえ、何を伝えられても、私は諦めない。ジョーロ君の恋人になるのは私よ」

強い決意のこもった虹彩寺菫《パンジー》の言葉。

「……分かった。あ、ジョーロも覚悟を決めておいてよ？　僕がこれから君に伝える話で、どうして彼女が『パンジー』になったか、どうしてこんな状況になったかの理由は見えてくると思う。でも、それで解決じゃない。この物語の結末を決めるのは、君の役目だ」

「モブには荷が重いな」

「なら、主人公になればいいだけさ」

「責任重大だな」

人を乗せるのがうまいやつだ。そこまで言われて、無理だなんて言えねぇじゃねぇか。

きっと、これからホースが話す内容こそが、全ての始まりの物語。

三色院菫子《さんしょくいんすみれこ》と虹彩寺菫《こうさいじすみれ》。

この二人が本当はどんな関係で、どうしてこんなことになってしまったのか——は、非常に気になるし、教えてもらうつもり満々なのだが、

「わりぃ、ホース。話を聞く前に、野暮用を済まさせてもらってもいいか？」

「野暮用？　まぁ、別にいいけど……」

「ジョーロ君、貴方《あなた》はいったい何をするつもりなのかしら？」

「ちょっとこいつを使うだけさ」

一度立ち上がり、ポケットからスマートフォンを取り出す。

それだけで、虹彩寺菫《バンジー》は俺が何をするか悟ったようで、呆《あき》れた視線を向けてきた。

「無駄に終わると思うけど？」

「そんなことはねぇさ」

スマートフォンを操作し、一人の少女の名前をタップする。

表示された画面で、緑色の受話器のボタンをさらにタップ。

これで、何度目になるか分からない電話。恐らく、出ないだろう。

だけど、それでいいんだ。気づけたからな、自分の大きな勘違いに。

ずっと、繋《つな》がらないと思っていた。勝手に決めつけて、何もしなかった。

でも、そうじゃねぇ。そうじゃなかったんだよ……。

「…………」

スマートフォンからは、相変わらずの無機質な音声が聞こえてくる。

聞き慣れたその音声を耳にしながら、俺は待つ。

再び無機質な発信音。……よし、これで俺の野暮用は終わった。

「待たせたな。んじゃ、早速始めてもらえるか？」

「もちろん。……あ、そうだ。一応、誤解のないように言っておくけど、僕は事情を知ってるだけで、あの子がどこにいるかは知らないからね」

「はぁぁぁ⁉　俺は、てめぇから三色院菫子《さんしょくいんすみれこ》の場所を……」

「勝手に期待しすぎ。あの子が一番警戒していたのは、僕だよ？　そんな僕に、自分の居場所を教えるわけがないじゃん」

くそっ！　さすがに、そこまで都合がいい話にはならねぇか！

……けど、事情を知ってて、そいつを教えてくれるってんなら、文句は言えないか……。

「ふふっ。つまり、この状況は私にとっても好都合と成り得るわけね」

ホースが、三色院菫子《さんしょくいんすみれこ》の居場所を知らないという事実が、虹彩寺菫《パンジー》にとっては嬉《うれ》しかったのだろう。先程と比べると、随分と余裕を取り戻しているように見える。

てか、虹彩寺菫《パンジー》にとっても好都合ってのはどういう意味だ？

「まぁ、そうだね。正直に言って、僕はこの話がジョーロにとって都合のいい話か、虹彩寺《こうさいじ》さんにとって都合のいい話かは判断できないし」

「決めるのは、ジョーロ君よ。私は、必ず貴方《あなた》に好きになってもらうわ」

強い決意の言葉と共に、俺の手の上に自分の手を添える虹彩寺菫《パンジー》。

その手は、あえて払わない。

今の俺は、『パンジーの恋人』だから。

「じゃあ、始めようか」

そんな俺達《おれたち》を見ながら、ホースが少しだけ体を前に出した。

「最後の物語を始める前の、最初の物語をね」

第六章

私は、『パンジー』

毎週日曜日は、私にとって一番楽しみな日。

一週間に一度だけある、大切なお友達の虹彩寺《こうさいじ》菫《すみれ》と一緒に過ごせる日ですもの。

今日の待ち合わせ場所は、初めて彼女と出会った区の図書館。

誰も味方がいないと思っていた、自分にはどうしようもできないと思っていた、何もかもを諦めて、せめて静かに過ごしたいと願って辿《たど》り着《つ》いた場所で、私は虹彩寺《こうさいじ》菫《すみれ》に出会った。

自らを『菫《ビオラ》』と名乗る少女。

中学一年生の夏にビオラと出会い、彼女から『三色菫《パンジー》』という名前を貸し与えてもらえた。

『パンジー』。三つ編みに眼鏡をかけた、もう一人の私。

パンジーになって以来、私の世界は大きく変化をした。

嫌悪《けんお》していた沢山の人からの視線はなくなり、図書館以外でも静かに過ごせるようになった。

……いえ、それは間違いね。

だって、パンジーになっている時は、ビオラと一緒に過ごすのですもの。

ビオラは、よくしゃべる子。二人で過ごしている時間は、決して静かとは言えない。

でも、私はその時間が大好きだった。求めていたものは、『静かな一人の時間』ではなく、

『賑《にぎ》やかな誰かと過ごす時間』だったのだと気がつけた。

私にとって、ビオラは親友であり救世主。

感謝してもしきれない、返したくても返しきれない恩が彼女にはある。

ビオラのためなら、どんなことでも力になろう。

ビオラに何か障害が襲い掛かった時は、私が必ず守ってみせよう。

そう考えていたはずなのに……

高校一年生のもう何度目になるか分からない日曜日。

私は、電車の座席に腰を下ろして本を読んでいた。

「なぁ、あの人……」

「…………」

ちょうど正面に座っている……恐らく高校生と思われる二人組の男性の声が聞こえる。

だけど、その言葉に私が反応することはない。

「なぁ、正面に座ってる子、メチャクチャ可愛《かわい》くない？」

「うわっ！　マジだ！　スタイルもすげぇいいし、……やばいな」

「なぁ、どうする？　声をかけてみるか？」

「いやぁ～、やめておこうぜ。電車内でナンパとか、失敗した時が恥ずかしすぎる。っていうか、あんな美人だったら絶対に彼氏がいるって」

二人組の男性は、会話が終わった後も私のほうを見続けている。

電車の中で、赤の他人を見続けるということは、彼らにとって恥ではないようだ。

どうせなら、声をかけてくれればいいのに……。私はそう考える。

街中や電車内で、知らない男の人から話しかけられる。

初めて経験した時は、本当に怖かった。

いったい、自分は何をされるのだろうと、何も返答せずに逃げ出した。

だけど、数を重ねていく毎《ごと》に心が何も感じなくなり、自然と断る技術を身につけていた。

普段なら声をかけられても、決してついていかない。けど、今日だけは別。

もしも誰かに声をかけられていたら、私はついていってしまったかもしれない。

いいえ、むしろ誰かから声をかけられることを望んでいるのかもしれないわね。

でも、私の願いは叶《かな》わない。

今日に限っては、誰からも声をかけられることなく、電車は目的の駅に到着してしまった。

「……行かないと」

空気が激しく抜けるような、電車のドアが開く音。両足に鉄球をつけられたかのような錯覚を感じ、重たい足取りを引きずるように私はホームへと降り立つ。

時間は、十二時三十分。ここから図書館までは、歩いて十分程度だから、待ち合わせ時間の十三時には余裕を持って到着することができる。

ふと、背後を振り向いて車内を確認すると、先程私を見ていた二人組の男子高校生と目が合った。そこで彼らは何かを感じ取ったのか、おもむろに立ち上がりこちらへ向かってくる。

だけど、時間切れ。あと一歩踏み出していればというタイミングで電車のドアが閉まり、男子高校生はドアに激突して、随分な恥を車内で披露してしまった。

「ごめんなさい……」

ホームから去っていく電車に向けて深く頭を下げる。

そんなつもりはなかったのだけど、彼らが恥をかくことになった原因は私だ。

だから、謝罪をする。

五秒後、頭を上げた私はゆっくりと目的地に向けて、歩を進めだした。

＊

「パンジー、どうしたの？」

十三時十五分。普段であれば、私が待ち合わせ時間に遅れた時は、必ず何かしらの怒りを口にしていたビオラが、私に向けた感情は心配。

なぜ、彼女がそんな感情を私に向けたかの理由はよく分かる。

だって、今日の私は、

「そっちの格好で来るなんて……」

三つ編み眼鏡の『パンジー』ではなく、本来の姿《三色院菫子》でビオラと会っているのだから。

「今日は、こっちのほうがいい気分だったの」

「……」

私の返答に、ビオラは何も言わない。ただ、静かに私を見つめるだけだ。

そして、私もそれ以上何も言わない。……いえ、何も言えない。

『パンジー』ではなくなった三色院菫子《さんしょくいんすみれこ》は弱い。

自分の意見を何も言えず周りに流されて、少しでも傷つかないように無抵抗を続ける。

それが、三色院菫子《さんしょくいんすみれこ》の処世術。情けなく、弱く、私が最も嫌悪《けんお》する人間だ。

「分かったわ。それじゃあ、行きましょ」

「……ええ」

立ち尽くす私の手を優しく握りしめ、ビオラが歩いていく。

ここまで私を導いてくれた彼女に、今なお導かれる自分が情けなくて涙が溢《あふ》れそうになる。

それでも、ビオラとの絆《きずな》を失うことを恐れる私は、彼女に導かれるまま。

何もできず、彼女と共に図書館の中へと入っていった。

「中々面白かったわよ、パンジー。そっちも終わった？」

「ええ……。とても、面白かったわ、……ビオラ」

本を閉じて、周囲に迷惑が掛からない程度の小さな声で会話をする。

ビオラと図書館を訪れた時は、お互いにおススメの本を紹介して、最初にそれを読む。

そして、読み終えた後に感想を話し合う。

今まで、私がビオラに紹介されて一番面白かった本は、『双花《ふたば》の恋物語《こいものがたり》』という本。

双子の姉妹と一人の男の恋愛模様を描いた物語だ。

本当に面白くて、読み終わったにもかかわらず図書館で借りて、何度も何度も読み返した。

そんな私を見て、ビオラがどこか誇らしげな表情を浮かべるので、私は照れたような笑みを彼女に向けていた。

だけど、もしも今『双花《ふたば》の恋物語《こいものがたり》』を読んだら、同じ感想を抱けるのだろうか？

だって、あの物語は……

「ねぇ、パンジー。今日はこの後、貴女《あなた》のお家《うち》に行ってもいいかしら？」

「どう、して？」

唐突なビオラの申し出に、私は首を傾《かし》げてしまった。

今までも、ビオラが私のお家《うち》に遊びに来たことはある。

だけど、そういう時は決まって最初から私のお家《うち》が集合場所。こうしてお外で会った時は、そのまま図書館で他の本を読むか、どこか別の場所に移動して二人でお話をしていた。

「お外だと、静かにお話できなさそうなのだもの」

しまった……。言われるまで気がつかなかったけど、よく周囲を確認してみると、図書館にいる人達《ひとたち》の注目を集めてしまっている。

少し考えれば予想できたことなのに、……本当に私は情けない。

でも、一番情けないのは、この状況を予想できなかった自分ではない。

本来ならば、ビオラに告げなくてはならないことを、彼女の姿を見るなり告げられなくなってしまう臆病者の自分が何よりも情けない……。

いったい、私は何のためにこの姿でビオラに会っているのだろう？

「ねぇ、貴女《あなた》のお家《うち》に行きたいのだけど、ダメかしら？」

「ダメ……じゃない、わ」

いつもならハッキリと答えられるビオラの質問に、たどたどしく答える。

中学時代に逆戻りだ。言いたいことを何一つ言えず、ただ無抵抗でいることで自己防衛をしていた情けない三色院菫子《さんしょくいんすみれこ》。結局、私は何も変わっていなかったのだと思い知らされる。

「よかったわ。なら、……あ、ちょっと待ってね」

「何を、している、の？」

唐突にビオラが、身につけている眼鏡を外して三つ編みを解いた。

図書館の中で、小さな歓声が挙がる。本来の、とても綺麗《きれい》な彼女の姿が露《あら》わになったからだ。

「お互いに同じ姿。貴女《あなた》一人だと大変でしょう？　だから、付き合ってあげる」

「……ごめんなさい」

この謝罪は、いったい何のための謝罪だろう？

ビオラにまで不要な視線を集めさせてしまっていること？　それとも……

「行きましょ、パンジー。大丈夫よ、私が一緒にいるわ」

答えの出ない疑問を考え続けることしかできず、ビオラの指示に従い続ける三色院菫子《さんしょくいんすみれこ》。

私は、いったいどうしたいのだろう？

✻

区の図書館を出発して電車に揺られている間、私達《わたしたち》は不必要に視線を集めてしまった。

その視線に怯《おび》える私と、毅然《きぜん》とした態度を崩さないビオラ。

よく似ているからこそ、気がついてしまう。彼女と自分の大きな差に。

十六時。ビオラと一緒に、私は自分のお家《うち》へと戻ってきた。

彼女を私のお部屋に通してから、せめてもの償いをと、お菓子と紅茶を準備する。

「ふぅ……。やっぱり、紅茶はパンジーが淹《い》れたものが一番ね」

「ありがとう……」

自分のお部屋のはずなのに、まるで違う空間にいるような錯覚にとらわれながら、私はビオラの言葉を待ち続ける。自分から、話さなければいけないはずなのに……。

「はぁ……。本当に、貴女《あなた》は情けない子ね」

「え？」

ため息と共に放たれたビオラの言葉に、私の思考は停止する。

「好きになってしまったのでしょう？」

「…………っ！」

言い当てられた。

自分で伝えなくてはいけなかったのに、ビオラに嫌われるのが怖くて、ビオラを失うのが怖くて伝えられなかった自分の気持ちを。

「会ってすぐに分かったわよ。だから、今日はそっちの格好で来たのでしょう？」

「……ご、ごめん、なさい……」

何もかもを見透かされて、ただただ自分が惨《みじ》めに感じる。

きっと、ビオラがお話しする場所に私のお部屋を選んだのは、私のためだ。

何か起きた時、すぐに私にとって一番安全な場所にいられるように、この場所を選んだんだ。

「いけないと思っていたのに、気持ちを抑えられなかったの。私はジョ……如月《きさらぎ》君が好き」

「………」

ビオラは何も答えない。ただ、静かに私の話を聞いているだけだ。

「今年の地区大会の決勝戦で、如月《きさらぎ》君を罠《わな》にはめようと思ったの。あの人のせいで、私はビオラと同じ高校に通えなくなってしまった。それが悔しくて、逆恨みと分かっていても止められなくて、彼の大切な絆《きずな》を破壊して、ビオラの目を覚まそうとしたの」

「なら、そっちの姿でジョーロ君に会いに行ったのかしら？」

私は頷《うなず》く。

「彼、大喜びだったでしょう？」

少し間をおいて、私は頷《うなず》く。

「そうよね。ジョーロ君は可愛《かわ》い女の子に目がないもの。貴女《あなた》がその姿で会いに行ったら、喜ぶに決まっているわ。……でも、その程度で彼の気持ちは変わらないわよ？」

「その通り、だったわ……」

私は、ジョーロ君を侮《あなど》っていた。

自分の欲望に忠実な、どうしようもない男だろうと思っていた。

だけど、実際は違う。とても強くて、とても優しい、とても素敵な男の子だった。

「やっぱり、貴女《あなた》が一番の敵だったのね」

「……っ！　ち、違うわ！」

すぐさま、私はビオラの言葉を否定した。

嫌だ。ビオラとの絆《きずな》が失われるのは、絶対に嫌だ。

私を助けてくれたビオラ。私の大切なお友達のビオラ。ビオラを失うのは……

「違うの！　私に、そんなつもりは……」

「パンジー、私達《わたしたち》の間に嘘《うそ》はなしよ。嘘《うそ》をついたら、お友達をやめるわ」

「………っ！　ご、ごめんなさい……」

やっぱり、私よりもビオラのほうが何枚も上手《うわて》だ。

完璧に逃げ道をふさいで、私を追い詰めてくる。

「なりたい。ジョーロ君と恋人同士になりたい。でも、ビオラともお友達でいたい。ううん、ビオラとお友達でいられなくなるなら、ジョーロ君と恋人同士になれなくてもいい」

嘘《うそ》じゃない。私は、ジョーロ君に対して抱いてはいけない気持ちを抱いてしまっている。

だけど、一番大切なのはビオラ。そこには、何一つ揺らぎはない。

「はい。よくできました」

ビオラが優しく私の体を抱きしめてくれる。

それが何よりも嬉《うれ》しくて、気がつくと私の両目からは涙が溢《あふ》れていた。

「ごめんなさいね、パンジー。貴女《あなた》を追い詰めるために、ひどいことを言ったわ」

ビオラの胸の中で、私は首を横に振る。

悪いのは、私だ。私がビオラを苦しめている。

あれだけ、『好きにならない』と言っていたくせに、簡単にその決意を崩す自分。

自分にとって、都合のいい未来ばかりを夢想する自分。

本当に情けない。

「ごめんなさい、ごめんなさい……ビオラ」

今だって、ビオラの体を摑《つか》んで謝ることしかできない。

どうして、私はこんなにも弱いのだろう？

「安心して。私にとっても、貴女《あなた》はとても大切なお友達だから……。貴女《あなた》がいてくれたおかげで、本当に助けられたから……」

この言葉が、どれだけ私を救ってくれただろう。やっぱり、ビオラは私の救世主だ。

「あ、ありがとう……」

「だから、聞かせてもらえないかしら？　どうして、貴女《あなた》がジョーロ君を好きになったか」

ビオラに導かれるままに、私は地区大会で何が起きたかを伝えた。

ジョーロ君の本当の姿を知って、彼に恋心を抱いたこと。葉月《はづき》君にもう一度会って、彼の告白を断ったこと。浮ついた気持ちと、沈んだ気持ちが同居して、突然話しかけられた大賀《おおが》君に、自分の名前を告げてしまったこと。その全てを。

「そうなのね。ふふ……、相変わらず、ジョーロ君は素敵な人ね。変わっていなくて、とても安心したわ」

ビオラは私の話を聞いた後、穏やかな笑顔を浮かべていた。

その表情に、私は一つの疑問を抱く。

どうして、彼女はこんなにも他人事《ひとごと》のような態度なのだろうと。

「ごめんなさい、ビオラ。で、でも、安心して。私は、ジョーロ君には何も……」

「それはダメよ、パンジー」

「……え？」

「折角、好きな人ができたのに、何もしないなんて絶対にダメ。それが、どれほど強い後悔を生むかを私はよく知っているわ。だから、諦めないで……」

「だけど、それだとビオラが……」

「私は、もう諦めた人間だから」

そこで、疑問が一つ氷解した。

どうして、ビオラがさっきからジョーロ君の話を他人事《ひとごと》のように聞いていたか。

ビオラは、自分がジョーロ君にとって大切な絆《きずな》を歪《ゆが》めてしまった罪悪感から、その気持ちを封じ込めているのだ。だからこそ、私の話を簡単に受け入れる。

……ダメ。……ダメよ。そんなの、絶対にダメ。

私は一度、本当は自分のためなのに、『ビオラを助けるため』という偽りの大義名分を掲げて、間違えた行動をとってしまった。だから、もう間違えない。

今度こそ、ビオラを助けないと！

「ダメよ、ビオラ！」

「……え？」

「貴女《あなた》は、まだジョーロ君が好きなのでしょう？　なら、諦めたなんて言わないで！」

「でも、私が原因でジョーロ君は……」

こんなにも感情を爆発させたのは、ビオラが西木蔦《にしきづた》高校に行かないと言った時以来……いや、あの時以上の感情の爆発が自分の中に起こっているのを感じる。

ビオラの気持ちを、もう一度呼び覚ます。

たとえ、それが自分にとって不都合なことであろうと、私はビオラのために行動したい。

大切な親友のために行動ができる、ジョーロ君みたいに。

「元に戻せばいいだけよ！　私が……いいえ、私と貴女《あなた》でジョーロ君と大賀《おおが》君の絆《きずな》を元に戻しましょう！　そうすれば、貴女《あなた》は何も気兼ねすることなく、ジョーロ君に気持ちをぶつけられるわ！　だから、お願い。……もう一度、もう一度だけ頑張りましょ？」

「だけど、私は別の高校だし、できることなんて……」

「あるわ！　きっと……いえ、必ずあるわ！　そもそも、違う高校といっても、そんなに離れていないじゃない！　会おうと思えば会える距離よ！」

先程までと立場が逆転したかのように、弱気な態度になるビオラ。

それほどまでに、中学時代にした経験は彼女に重くのしかかっているのだろう。

あの時は分からなかったけど、今ならその気持ちがよく分かる。

だって、私達《わたしたち》は同じだもの。同じ人を好きになっているのだもの。

「………………」

ビオラは、何も答えない。だけど、それこそが何よりの証明。

彼女は、まだジョーロ君のことを諦めていない。ただ、自分に『諦めるべきだ』と言い聞かせているだけ。そして、その閉ざした扉を開く方法なら、私はよく知っている。

「なら、私がこっちの姿でジョーロ君に告白してしまおうかしら？」

「ず、ずるいわよ、パンジー！　貴女《あなた》は……あっ！」

ほら、引っかかった。

ビオラは独占欲が強いもの。自分が恋人になれないからといって、ジョーロ君に恋人ができるのを甘受できるような子じゃないわ。

「ビオラ、貴女《あなた》は本当は諦めていないでしょ？　ただ、自分に言い聞かせているだけ。もし、本当に諦めているのだったら、中学校の卒業式で『私を忘れないで』なんて伝えないわ」

「そ、それは……」

「ねぇ、ビオラ。ジョーロ君に会いに行きましょ。本当は、貴女《あなた》も会いたいのでしょう？」

「……………少し、考えさせてちょうだい」

その言葉を引き出せたことに、私は強く拳を握りしめる。

まだ、ビオラの中の決意は固まっていない。でも、固めることはできる。

なら、これから私がやるべきことは決まった。

歪《ゆが》んでしまったビオラの気持ちを元に戻す。

ずっと助けられてばかりだった私が、今度こそビオラを助けてみせる。

そう強く決意をした。

❀

――三月。

「ね、ねぇ、パンジー。私の格好、変じゃないわよね？」

「ええ。問題ないと思うわよ」

「本当よね？　本当に変じゃないのよね⁉」

「もちろんよ」

このやり取りは、今日だけでいったい何度目かしら？

春休みのとある日。髪型と眼鏡はいつも通りだけど、いつもとは違うお洒落《しゃれ》な白いワンピース姿のビオラと、制服に身を包んだ私は駅で合流した。

今日、私達《わたしたち》はジョーロ君に会いに行く。

あの日から、私は何度もビオラを説得し、ようやく彼女から『もう一度、ジョーロ君と会おうと思うわ』という言葉を引き出すことに成功したのだ。

そして、その言葉を撤回させないためにも、即座に行動を起こす。

時間が経《た》ってから、『やっぱり、無理』なんて言われたら、私のこれまでの頑張りが水泡に帰してしまうもの。それは、嫌だわ。

「ねぇ、パンジー。今日、ジョーロ君は本当に西木蔦《にしきづた》高校にいるの？」

「ええ。間違いないわ」

春休みに学校を訪れる生徒は少ない。だけど、ジョーロ君は別。

彼は、去年の十月から生徒会に書記として所属することになったから。

理由は、新しく生徒会長に就任した秋野《あきの》桜《さくら》先輩。

才色兼備とは、まさにあの人のためにあるような言葉だろう。

高校生らしくない美貌に、整ったスタイル、加えてなぜ西木蔦《にしきづた》高校に通っているか見当もつかない程に優れた成績。

そんな素敵な女性を、性欲の塊であるジョーロ君が見逃すはずがない。

入学した当初から、虎視眈々《こしたんたん》と秋野《あきの》先輩に近づく機会をうかがっていたようで、これまでに偽りの自分で培《つちか》った信頼を利用して、生徒会に書記として所属することに成功したのだ。

そして、邪《よこしま》なジョーロ君とは異なり、やる気に満《み》ち溢《あふ》れた秋野《あきの》先輩は、春休みも週に一度は集まって、よりよい学生生活を生徒達《たち》へ提供するための会議を開いている。

「生徒会の会議があるから、間違いなくいるわ。彼、生徒会長の秋野《あきの》先輩に夢中だもの」

「うぅぅぅ！　まさか、ひまよりもジョーロ君が興味を持つ女の人が現れるなんて！」

本当に、秋野《あきの》先輩の存在には私も頭を抱えさせられた。

彼女が生徒会長になってくれたおかげで、ビオラに『すごい美人にジョーロ君が近づいているわ』と決意を促す決定打にはなってくれたのだけど、それだけ美人のそばにジョーロ君がいるというのは、私としても気が気ではない。

もし、秋野《あきの》先輩がジョーロ君に恋心を抱いたら……そんな不安をどれだけ抱いたことか。

「正確には、どちらにも興味津々《きょうみしんしん》ね。可愛《かわい》い日向《ひなた》さんと、綺麗《きれい》な秋野《あきの》先輩。あわよくば、両方いってしまおうなんて考えているのではないかしら？」

「さすが、ジョーロ君ね。堅実な目的ではなく、無謀な目的を抱くことに関しては、他の追随を許さないわ」

まったくもって、その通りよね。おかげで私も安心できる一面はあったのだけど、時折どうして自分がジョーロ君に恋心を抱いたのか、見失いそうになる時がある。

「ところで、パンジー。貴女《あなた》はどうしてジョーロ君の事情にそこまで詳しいのかしら？」

「日々のストーキングの賜物《たまもの》よ」

「やはり、貴女《あなた》が一番の警戒対称ね……」

ビオラの鋭い視線を、私は軽く受け流す。

ジョーロ君に恋心を抱いた当初は、ビオラに物怖《ものお》じしていた私だったけれど、今は違う。

ビオラと大切なお友達同士でいたい。ジョーロ君の恋人になりたい。

その二つの気持ちを、強く持つと決意した。

だから、たとえ日向《ひなた》さんであっても、秋野《あきの》先輩であっても、ビオラであっても、ジョーロ君に関しては譲らない。

だけど……、もし自分以外で誰かがジョーロ君の恋人になるならビオラがいいわね……。

そんな想《おも》いを、胸に秘めている。

「安心してちょうだい。私は、ジョーロ君にとてつもなく嫌われているわ」

夏休み以降、私は時折ジョーロ君とお話をする機会があった。

そして、そのたびに私は彼へ毒を吐いてしまう。

普段のジョーロ君は自分を偽っているから、露骨な怒りは示さないけど、私に対していい感情を抱いていないことは表情を見れば明白。間違いなく、私は彼に嫌われている。

でも、悪いのはジョーロ君よ。

あの日の地区大会の決勝戦で、『次にお話する時は優しくしてくれる』と約束してくれたのに、全然私に気がついてくれないし、優しくしてくれないのですもの。

だから、私は宣言通りいじわるをしているだけ。

あわよくば、怒ったついでに本当の彼と話したいのだけど、本当に上手《うま》くいかないわ……。

「私は、貴女《あなた》がジョーロ君とお話をしているというだけで安心できないのだけど？」

「以前は、ジョーロ君と仲良くなるように言っていなかったかしら？」

「状況が変わった以上、意見も変わるわ。言っておくけど、負けないからね？」

「ふふ……。私も同じ意見よ」

お互いを見つめて、笑顔をこぼす。

私とビオラ、同じ人を好きになってしまった似た者同士。

もしも、私達《わたしたち》のどちらかがジョーロ君の恋人になれたとしたら、祝福の言葉をかけることはないだろう。だけど、それで私達《わたしたち》の絆《きずな》が消滅するわけではない。

どんなことがあっても、私達《わたしたち》は大切なお友達同士よ。

「でも、ビオラ。今日の目的を忘れてはダメよ？」

「分かっているわ。ジョーロ君と大賀《おおが》君、二人の絆《きずな》を元に戻すのが最優先よ」

これが、私とビオラが今日ジョーロ君に会いに行く目的。

好都合なことに、水曜日は生徒会の会議だけじゃなくて、野球部の練習も行われている。

まだ歪《いびつ》なままのジョーロ君と大賀《おおが》君の絆《きずな》。

ジョーロ君と会ったらお話ができるようになった私だけど、まだそこまで踏み込んだ話はできていない。そもそも、嫌われている私の言葉では、ジョーロ君の信頼を得られないだろう。

だからこそ、中学時代、ジョーロ君と友好的な関係を築いていたビオラの力が必要だ。

一日で元に戻せるとは思えないけど、解決の一歩を踏み出すために、いよいよ私達《わたしたち》は行動を起こすことにしたのだ。

もちろん、ただ純粋にジョーロ君に会いたいという気持ちもあるのだけどね。

❊

「あ、あの、すみません！　その制服……西木蔦《にしきづた》高校の方ですよね？」

「ええ。そうですけど……」

ビオラと二人で西木蔦《にしきづた》高校へ向かっている途中、交差点で信号が切り替わるのを待っていると、一人の女の子が私に声をかけてきた。

胸まで伸びたストレートヘアーに白いお肌。丸みを帯びた真面目そうな瞳。

格好は、どこかの高校の制服。つまり、年齢は近いということだろう。

「その、西木蔦《にしきづた》高校に行きたいのですけど、スマートフォンの電池が切れちゃって、場所が分からなくなってしまって……、ご迷惑でなければ案内してもらえると……」

顔を真っ赤にして、落ち着きなく喋《しゃべ》る女の子。

その口ぶりから、必死さがよく伝わってくる。

「構わないのですけど、どうして西木蔦《にしきづた》高校に？」

「あっ！　え、えっと……どうしても会いたい人がいて……」

「それはいったい誰かしら？」

凄《すさ》まじい速度で、ビオラが食いついた。

初対面だというのに敬語も使わないで、露骨に警戒心を露《あら》わにする。

けど、気持ちは分からなくもない。なぜなら、私達《わたしたち》に声をかけてきた女の子は、とても可《か》愛《わい》らしい女の子だ。可能性としてはかなり低いが、万が一彼女が会いたい男の人が……

「お、大賀《おおが》太陽《たいよう》さんです！　その……、今年の地区大会の決勝戦で、とてもお世話になって、でも、緊張してちゃんとお礼を言えなかったから……」

「「…………」」

予想外の名前の登場に、私とビオラは思わず顔を見合わせてしまった。

「す、すみません！　嘘《うそ》をつきました！　いえ、嘘《うそ》ではないのですけど、お礼は口実で……本当は、ただ会いたいだけで……」

先程よりも、さらに顔を赤らめて事情を伝える女の子。

なんだかその様子はやけに可愛《かわい》らしくて、見ているこっちがつい笑いそうになってしまう。

「そう……。大賀《おおが》君に会いたいのね……」

「め、迷惑……でしょうか？　あの、迷惑でしたら、少し離れて勝手についていくのを許可してもらえるとありがたいのですが！」

もう頼れるのは、私達《わたしたち》だけだと言わんばかりの視線を向ける女の子。

何としてでも、西木蔦《にしきづた》高校へ行きたいのだろう。

その必死さが妙に可愛《かわい》らしくて、

「構わないわ。ビオラもいいでしょう？」

「ええ。一緒に行きましょ」

私達《わたしたち》は、女の子のお願いを聞くことに決めた。

「わぁぁぁ!!　ありがとうございます！　本当に、ありがとうございます！」

何度も頭を下げる女の子。そこまで、かしこまらなくてもいいのに。

タイミングよく、信号が青に変わる。私達《わたしたち》は、三人で並んで歩き始めた。

「……あ、そうだ！　私、牡丹一華《ぼたんいちか》です！　桑仏《そうぶ》高校の二年生で、野球部のマネージャーをやっています！」

「虹彩寺《こうさいじ》菫《すみれ》よ。唐菖蒲《とうしょうぶ》高校の二年生。よろしくね」

簡単な自己紹介をするビオラと牡丹《ぼたん》さん。自然と二人の視線が、最後まで自己紹介をしていなかった私に集中したので、

「私は、三しょ──」

「パンジー！　逃げて！」

今まで聞いたことのない、乱暴で残酷な音が響き渡った。

❀

「…………っ。ここは……」

目を開けると、そこは私の知らない場所だった。

薄茶色の染《し》みがついた白い天井、少し固いベッドの感触。

どうして、私はこんな場所にいるのだろう？　体が重たい。起き上がらせようとしても、起き上がらない。普段、当たり前のようにやっていることができない自分への違和感。

頭にもやがかかっているのか、まるで思考が安定しない。

何とか首だけは動かせるので、簡単に周囲を確認してみると、最初に映ったのは両親。

二人とも、涙を流しながら私を見つめている。

どうして、二人は泣いているのかしら？　どうして、私はここにいるのかしら？

私は、ビオラと一緒に……いえ、ビオラと牡丹《ぼたん》さんと一緒に西木蔦《にしきづた》高校に向かっていた。

大好きな人に会うため、大好きな人の絆《きずな》を元に戻すため。

そのために、西木蔦《にしきづた》高校に向かっていて、三人で横断歩道を渡っていて……

――パンジー、あとはよろしくね。

――ふふっ……。ジョーロ君みたいなことができたかも。

思い出したのは、意識を失う直前に赤いワンピースのビオラが私に伝えた二つの言葉。

だけど、なぜ彼女が私にこんな言葉を伝えたかは分からない。

どうして、ビオラは私に後を託したの？

貴女《あなた》は、これから私と一緒にジョーロ君に会いに行くはずだったじゃない。

どうして、ビオラのワンピースが赤くなっているの？

彼女が着ていたのは、白いワンピースよ。

徐々に鮮明になっていく記憶。

そうだ。私は、ビオラと一緒に西木蔦《にしきづた》高校へ向かっていた。

その途中で、スマートフォンの電池が切れて道が分からなくなった牡丹《ぼたん》さんにお願いされて、彼女を含めた三人で西木蔦《にしきづた》高校へ向かうために横断歩道を渡った。

簡単な自己紹介を済ます牡丹《ぼたん》さんとビオラ。だから、私も自分の名前を告げようとした。

そうしたら、突然ビオラが私の体を思い切り突き飛ばした。

今まで、散々暴力的な言葉を言われていたけど、行動に移されたのは初めて。

直後、衝撃が走った。

さっきまで、すぐそばにいたはずのビオラと牡丹《ぼたん》さんはいなくなって、私は一人ぼっち。

なぜか動かない体。わけが分からないままに、首を動かすとそこには赤いワンピースを着たビオラがいて……さっきの言葉を私に伝えた。

「ビオラ！　ビオラは、どこ⁉　……っう！」

覚醒した意識のままに体を起こすと、鈍い痛みが走る。両親が慌てて、私の体を押さえつける。

思い出した。思い出してしまった……。私達《わたしたち》は事故にあったんだ！

横断歩道を渡っている時、勢いよく向かってきた車が私達《わたしたち》の体に衝突した。

消えたビオラと牡丹《ぼたん》さん。私も自分の体がどうなったかは分からない。

でも、分かることがある。

今、こうして私が無事な理由は、ビオラが私を助けてくれたからだ。

彼女が私を助けてくれたから、私はこうしてここにいる。

なら、ビオラは？　牡丹《ぼたん》さんは？　彼女達《かのじょたち》はどうなってしまったの？

「菫子《すみれこ》、落ち着いて。……まだ動いてはダメ」

「ビオラは⁉　ビオラはどこ⁉」

母の言葉に、返事にもならない言葉をぶつける。

何とか心を落ち着けようとするも、まるで落ち着かない。

呼吸だけがどこまでも激しくなり、心臓が破裂しそうな錯覚に襲われる。

「お願いだから、ジッとして。落ち着いたら、ちゃんと話すから……」

　再び母の言葉。強く私の体を抱きしめる母の気持ちが伝わってきてか、徐々に呼吸は落ち着き、私は再び意識を失うかのように眠りについた。

　居眠り運転をしていたタクシー。

　それが、私達《わたしたち》三人に襲いかかった衝撃の正体だった。

　事故の翌日。ニュースで伝えられたのは、事故を起こした運転手の名前と、三人の女子高校生の内、二名が重傷で、一名が軽傷という事実だけ。

　テレビに映るキャスターが、作られた同情的な声で「死者が出なかったことだけが、せめてもの幸い」なんて言葉を告げている。そして、次のニュース。

　私達《わたしたち》の事故はわずか二分程度で片付けられ、自分達《じぶんたち》の命がその程度の価値しかないと言われているような気分になり、私はテレビを見るのをやめた。

　体の機能が回復し、徐々に心も落ち着いてきた私は、お医者さんから二名の重傷者の現状を教えてもらえた。

　二人とも意識不明。特にひどいのは、……虹彩寺《こうさいじ》菫《すみれ》。

　タクシーに轢《ひ》かれた際、体を突き飛ばされた私と違って、虹彩寺《こうさいじ》菫《すみれ》と牡丹《ぼたん》一華《いちか》はタクシーに衝突することになった。

牡丹一華《ぼたんいちか》はビオラの体がはさまったおかげもあってか、重傷ではあるものの三日後には意識を取り戻した。二ヶ月もすれば退院して、通常の学生生活を送れるようになるらしい。

だけど、虹彩寺《こうさいじ》菫《すみれ》は違う。未《いま》だ意識不明。いつ目を覚ますかも分からない。

病院の中を歩く。ビオラの病室へ入ると、あんなに綺麗《きれい》だったビオラの体には、いくつもの白い布が巻きつけられ、小さな呼吸音だけが響いている。

「どうして……。どうして、こうなってしまうの?」

どうして、ビオラの願いは叶《かな》わないのだろう?

ビオラは、ただジョーロ君が好きだっただけよ。

ビオラは、ジョーロ君の恋人になりたかっただけよ。

それだけなのに、どうしてこんなにひどい目に遭わなくてはいけないの?

「貴女《あなた》は、いつも私を助けてばかりよ……」

ずっとビオラに助けられてきた。

中学一年生の時、絶望に沈んでいた私を救い上げてくれたビオラ。

私に、『パンジー』という名前を貸し与えてくれたビオラ。

今度こそ、私が助けられると思っていた。

返しきれない恩があるのに、もっと大きな恩をビオラは私に与えてくれた。

これから、私はどうすればいいのだろう?

眠ってしまったビオラ。ずっと一緒にいたのに、これからもずっと一緒にいられると思っていたのに、私は彼女と一緒にいられなくなってしまった。

「このままじゃ、返せないじゃないの……」

眠るビオラの手を握りしめ、私はそう告げる。

『パンジー』

ビオラがジョーロ君と恋人同士になるまで、私に貸してくれたもう一つの名前。

彼女は夢見ていたのだろう。いつか、自分が『パンジー』となって、ジョーロ君と恋人同士になる日々を。だけど、それはもう叶《かな》わない。

……本当にそう？

私の中の『パンジー』が語り掛けてきた。

ビオラは、最後に私に言ってくれた。

──パンジー、あとはよろしくね。

彼女は、『パンジー』に未来を託した。

なら、その『パンジー』は誰？　この名前は、私のものじゃない。虹彩寺《こうさいじ》菫《すみれ》のものだ。

ジョーロ君が、虹彩寺《こうさいじ》菫《すみれ》のために考えて与えた名前。私は、それを借りているだけ。

それなら……、

「もう少しだけ、貸してもらうわね」

ビオラの手を強く握りしめる。私の気持ちが、眠っている彼女に届くように。

まだ、虹彩寺《こうさいじ》菫《すみれ》の気持ちは消えていない。まだ、虹彩寺《こうさいじ》菫《すみれ》の気持ちは届けることができる。

だって、『パンジー』がいるもの。……私には、まだ恩を返す方法があるわ。

いつか、いつかビオラが目を覚ました時、彼女が最も望んでいるものを用意しよう。

彼女が想《おも》い続《つづ》けていた大好きな人。

その人が、目を覚ました『パンジー』を恋人として迎えるの。

きっと、それは簡単な話じゃない。とてもとても難しい話。

だけど、それでもやろう。必ず、やり遂げてみせよう。

私もビオラみたいに、ジョーロ君みたいに、誰かのための力になりたい。

そのためなら、自分の気持ちなんて叶《かな》わなくていい。

大好きな人達《ひとたち》の笑顔。私が求めているのは、それだけだから……。

ずっと叶《かな》わなかったビオラの願い。それを、私が叶《かな》えてみせる。

「私は、パンジーよ」

私だけのお友達

エピローグ

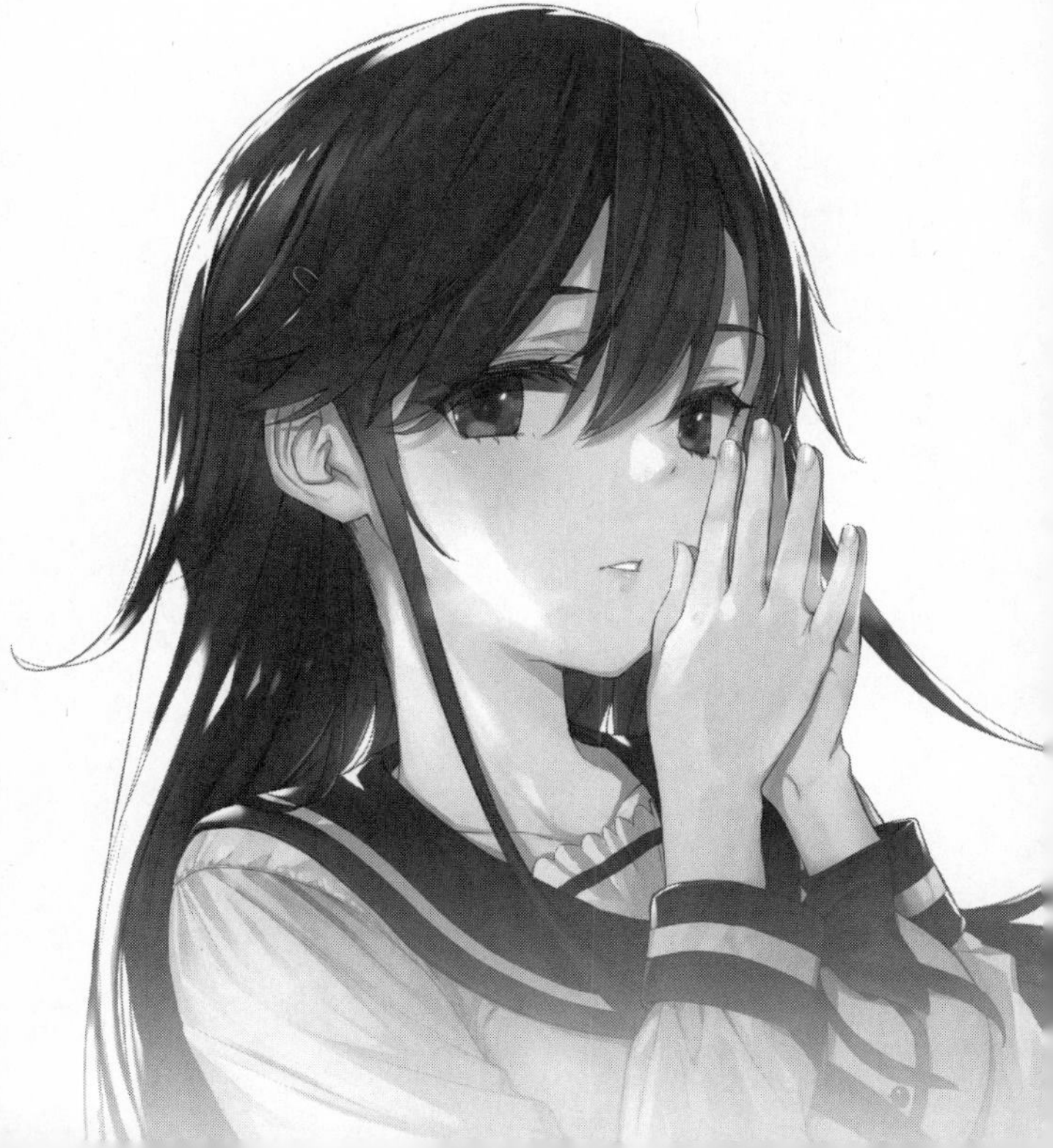

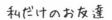

――十二月二十九日。

「……寒いわね」

高校二年生の冬休み。私――三色院菫子《さんしょくいんすみれこ》は、一人でとある場所にいた。

クリスマス・イヴの日から毎日。私はここにやってきて、ただ何もせずに過ごしている。

胸に溢《あふ》れるのは、充実感と達成感。やっと、私の目的を達成することができたからだ。

ジョーロ君は、『パンジー』の恋人になった。本当の『パンジー』が戻ってきた。

これで、私の役目はおしまい。

ずっと借りていた『パンジー』を彼女に返して、彼女がジョーロ君の恋人としてこれからは一緒に過ごしていく。

きっと最初は、ジョーロ君も戸惑うだろう。

でも、心配はいらないわ。だって、二年生になってからジョーロ君とずっと一緒に過ごしていたのは、『パンジー』だもの。

それが、ちゃんと伝われればジョーロ君は、『パンジー』を受け入れてくれる。

「本当に色々と大変だったわ……」

ずっと目を覚まさない彼女を待ち続けること、半年以上。

彼女の意識が戻った時のことは、今でもよく覚えている。ずっと眠っていたから、私が体を抱きしめても、全然力が入らなくてただ背中に手を添えるだけ。

そこから、今の状態にまで回復するのにも時間がかかったけど、何とかクリスマス・イヴに間に合った。

西木蔦《にしきづた》高校の図書室のみんなにも、修学旅行の時に「もしもパンジーが選ばれたら、協力してほしいことがある」とお願いをした。

みんなは、どこか複雑な表情をしていたけど、私が事情を伝えたら了承してくれた。

ただ、ヒイラギだけは「そんなのダメなの！　パンジーちゃん、間違ってるの！」と中々首を縦に振ってくれなかったから苦労をしたわね。でも、そんなヒイラギも最後はツバキの説得のおかげで、渋々ではあるけど協力してくれることになった。

一人だけお願いができなかったのは、たんぽぽ。

一年生なのに修学旅行についてきて、好き放題遊びまわっていた彼女は、私がそのお話をしている時には、「むひゅひゅぅ～ん……」と可愛《かわい》らしい寝息をたてながら眠ってしまっていた。

だから、彼女だけは何も知らない。

あとで、話すことはできただろうけど、私にはそれがどうしてもできなかった。

「本当に、西木蔦《にしきづた》高校に通ってよかった……」

私は、あそこで素敵なお友達に巡り合うことができた。

そして、彼女達《かのじょたち》との関係はこれからもずっと続いていく。……だから、十分満足。

ありがとう、ジョーロ君……。私達《わたしたち》の絆《きずな》を守ってくれて。

また、助けられてしまったわね。

今頃、貴方《あなた》はどうしているかしら？

もう『パンジー』と恋人同士になった？　それとも、まだ状況が受け入れられず、いつもみたいに乱暴な言葉で文句を言っているかしら？

色々と迷惑をかけてしまって、ごめんなさいね。

だけど、これで最後だから。

もう、貴方《あなた》に迷惑をかけないから、最後の我侭《わがまま》を聞いてほしい。

私の時間はもうおしまい。ここからは、本物の『パンジー』の時間。

だから……


「だ～れだ？」


目の前が真っ暗になった。背後から忍び寄った誰かが、私の目を両手で覆ったからだ。

できる限り冷静にいようと自分に言い聞かせるけど、中々難しい。

だって、そうでしょう？　その声は、もう二度と聞けないと思っていた声だったから。

「だ〜れだ？」

もう一度、声が聞こえる。私は返答しない。

「すみみん。だ〜れだ？」

胸が震える。

『すみみん』……私をそう呼ぶ人は、たった一人しかいない。

私の、私だけのお友達が、私のことをそう呼ぶのだ。

「ど、どうして、貴女《あなた》がいるのかしら？」

目を覆われたまま、私は問いかける。

「生まれて初めてできた大切なお友達が困っていたら、ほうっておけません」

そうだ。私は、彼女にとって生まれて初めてできたお友達。

短い時間だったけど、とても大きな絆《きずな》で結びついているお友達。

「理由になっていないわ。だって、貴女《あなた》は……」

「心残りだったからかな。お手紙でお願いはしたけど、やっぱりどうしても気になって、やっぱりどうしても助けたくって、少しだけでいいから会いたいってお願いしていたら、サンタさんがクリスマスプレゼントで、私に時間をくれたのです。……やったね」

「もうクリスマスが終わってから、結構経《た》っていると思うのだけど？」

「細かいことは言いっこなしなのです。……にひ」

いたずらめいた笑い声。

本当に神様がいるとしたら、私は心から感謝したい。

もう二度と会えないと思っていた、消えてしまったお友達にこうしてまた会えた奇跡を。

「それだったら、私よりも会うべき人がいるのではないかしら?」

「ややこしくなっちゃうから、我慢したのです。その辺りは、すみみんと似てるかも」

「私は別に我慢してないわ」

「相変わらず、すみみんはいじっぱりだね。……だ〜れだ?」

いい加減、答えを言えと言わんばかりに手に力が入る。

仕方がないから、リクエストに応えてあげよう。

「久しぶりね。……一華《いちか》」

「ブッブー。不正解なのです」

上機嫌な声と共に解放される目。

再び戻った視界には、イタズラめいた笑顔を浮かべたサイドテールの女の子がいた。

「正解は、アネモネちゃんでした」

「そうだったわね。失念していたわ」

今年の夏休み、彼女は彼女だけの名前を手に入れた。

それが、『アネモネ』。彼女の大好きな人が、彼女に与えた名前だ。

「久しぶりね。……アネモネ」

「久しぶりだね。……すみみん」

春休みに通っていた病院で、私は彼女と出会った。

あの日の交通事故の二人の重傷者……虹彩寺《こうさいじ》菫《すみれ》と牡丹《ぼたん》一華《いちか》。

一人は長い眠りについてしまったけど、もう一人……牡丹《ぼたん》一華《いちか》は三日後に意識を取り戻した。

だけど、その代償なのか、牡丹《ぼたん》一華《いちか》は失っていたものがあったのだ。

記憶。これまでに経験してきたことをすべて忘れ、彼女は別の人間になっていた。

なんとか、記憶を取り戻そうと奮闘する一華《いちか》の家族だったけど、記憶は戻らない。

ある日を境に母親が、ある日を境に父親が来なくなり、最終的に彼女の兄だけがお見舞いに来るようになった。

家族が去った後、いつもアネモネは一人で泣いていた。

自分は、いらない存在なんだ。自分は間違った存在なんだ。

何度も何度も、彼女の口から聞いた言葉。

そんな彼女がどうしても放っておけず、私は彼女に声をかけてお友達になった。

人生で初めて、私が自分から声をかけてお友達になった女の子。それが、アネモネ。

高校一年生の春休み、私は毎日病院でアネモネと過ごしていた。

性格は全然違うけど、不思議と気が合う……私の二人目の親友。

「どうして、私がここにいると分かったの？」

「最後に会った時、すみみんが教えてくれたんだよ。『ここで、私は私に成れた』って。だから、試しに来てみたら見事に発見できたのです。ぶい」

「……そうだったわね」

可愛《かわい》らしいVサイン。その独特の仕草が、彼女が彼女であることを示しているような気がして、自然と胸の内から喜びが溢《あふ》れ出《だ》してくる。

私達《わたしたち》の関係を知っている人は少ない。ジョーロ君や西木蔦《にしきづた》高校の図書室のみんなはもちろん、『パンジー』ですら知らない。だけど、一人だけ知っている人がいる。

「アネモネ。貴女《あなた》、私の事情をサンちゃんに伝えたわね？」

二学期になって、サンちゃんからアネモネの話を聞いた時は本当に驚いた。

伝えられた伝言は、『私は楽しく過ごせました。貴女《あなた》も貴女《あなた》のために生きて下さい』。

サンちゃんに、どういう意味かたずねられた時、隠しておくほうが後のトラブルにつながると判断した私は、彼に自分のやろうとしていることを伝えた。

初めは、もちろん反対された。だけど、必死に説得を続けて、サンちゃんから「協力はしないけど、事情は黙っておく」という言葉を引き出せた時は、本当に安心した。

でも、それで油断ができる相手ではない。

サンちゃんは、間違いなくジョーロ君のために何か行動を起こす。

私の計画に、一つの綻びが生まれた瞬間だ。

「もしかして、迷惑だった？」

「ええ。とっても」

「それは失礼しました。……にひ」

まるで、反省していない笑顔。むしろ、私の怒った顔を見て楽しんでいる。

「なんで、あんなことをしたのかしら？」

「すみみん。自分の気持ちに素直にならないなんて、ダメなのです」

「私は素直よ。自分の行動を何も後悔なんてしていないわ」

あの日の決意通り、私は偽りの『パンジー』としてジョーロ君に接して、彼の恋人になった。

そして、その立場を予定通り本物の『パンジー』に譲り渡すことに成功した。

何もかも、私の目論見《もくろみ》通り。理想的なハッピーエンドだ。

「ふ～ん。なら、質問をしていい？」

「どうぞご自由に」

アネモネが、やけに楽しそうな表情で私の顔を覗《のぞ》き込《こ》む。

「どうして、こんな場所にいるの？」

「もしもジョーロ君に探された場合、見つからない場所に隠れていないといけないでしょう？だから、ここにいるの」

「なるほどなるほど。とても頭が良《い》い。やっぱり、すみみんは面白い」

「バカにしているのかしら？」

褒められた気がしないので、少しだけ鋭い視線でアネモネを睨《にら》む。効果はない。

「じゃあ、次の質問」

そう言って、アネモネは先程まで私の目を覆っていた手を広げて、こちらに向ける。

「どうして、私の手はこんなにビチョビチョなの？」

「……不思議なこともあるものね」

「にひ。いきなり頭が悪くなった。やっぱり、すみみんは面白い」

「ほ、放っておいてちょうだい……」

腕で目をぬぐう。不要なものをなくすために。

「ねぇ、すみみん」

「何かしら？」

全てを見透かしているような、優しい声と同時に温かな感触が私を包み込む。

アネモネが、私を抱きしめたからだ。

「見つからないように、ここに隠れてるならさ……」

やめて、それ以上言わないで。それ以上言われたら、出てきてしまうわ。

もうそれはなくなったものなの。私は、諦めたものなの。

「見つかっちゃったら、素直にならないとね」

何とか溢《あふ》れさせないように、私はアネモネの胸に強く顔をうずめる。

ダメ。言ってはダメよ。

『パンジー』の願いを叶《かな》えることができたのだから、私はそれで……

「……さみしいの。……一人でいたくないの。どうして、こんなことになってしまうの？　どうして、私の願いは叶《かな》わないの？　ただ、大事な人と一緒にいたいだけなのに、どうしてそれができないの？　どうして、私は一人になってしまうの？」

堪えられなかった。一度溢《あふ》れた言葉はどこまでも溢《あふ》れ続《つづ》ける。

「それは、すみみんがお姫様だからじゃないかな？　にひ」

「お姫様？」

「そっ。一人だとなーんにもできないお姫様。できることは、一つだけ」

「私に、何ができるの？」

「決まってるじゃん」

アネモネが私の体を解放して、ジッと瞳を見つめる。

そして、どこか達観した優しい笑顔を向けると、

「王子様に助けてもらうことだよ」

私に、そう伝えた。

「……っ！　で、でも、それは……」

「おや？　おやおや？」

そこで、アネモネが何かに気がついたのか、視線が逸《そ》れる。

見つめているのは、私の鞄《かばん》の中。

その視線に誘われるように私も確認すると、スマートフォンが小さく点滅していた。

「………………」

「ふんがばちょ」

独特の掛け声と共に、アネモネが私の鞄《かばん》からスマートフォンを取り出した。

画面を私に対して向ける。

表示されていたのは、一人の男の子の名前。電話がかかってきていた。

「出ないの？」

「出ないわ」

スマートフォンの振動が収まるまで、私は待ち続ける。

振動が収まった後、画面に表示されたのはメッセージの通知。

彼が、留守番電話に何らかの言葉を残したのだ。

「レッツ・チェック」

アネモネが、私にスマートフォンを手渡す。

「…………」

本当は聞くべきじゃない。だけど、聞こうとする自分を止められない。

いったい、どんなメッセージが入っているのだろう？

もしも、この留守番電話に拒絶の言葉が入っていたら……

——やると決めたらやる。それが俺のモットーだ。

——ぜってぇ、てめぇを見つけてやる。

私の両目から、再び不要なものが溢《あふ》れ出《だ》した。

あとがき

前巻でも似たようなこと（というか同じこと）を思いっきり言っていましたが、今巻でも言わせていただきます。ラストスパートなんです。

今年は、コロナの影響でステイホームとなり、ちょっとお仕事が少なくなるのかと思っていたのですが、冷静に考えたら私は四年前からステイホームだった。

十五巻……いや、まさかここまで巻数が重なることになろうとは……。

今回の物語の主軸となる『ビオラ』兼『パンジー』。打ち合わせでも、『このパンジーはどっちでしょうか⁉』みたいなことがちょいちょいと発生していました。

その際、ついうずいてしまった私は『あっちのパンジーです』とか言っていたような気もしますが、失敗でしたね。『そっちのパンジーです』と答えるべきだったと猛省《もうせい》しています。

デビューして、もうすぐ五年。気がつけば、同期の人の作品を見かける機会が少なくなり、この業界の厳しさがひしひしと伝わってきます。ですが、まだまだ気持ちは新人ですので、新しいことに色々と挑戦して勉強していきたいと考えている所存です。

来年には、俺好《おれす》き以外の新作も出せるといいなと思いつつ、そっちにばかりかまけて俺好きをないがしろにしないように注意したいかと。

実は、今年（二〇二〇年）に新作を一本提出してみたのですが、盛大にボツりました。かなりコメディに寄せた青春天使ラブコメディだったのですが、編集さんから『あなた、置きにいきましたね？』と言われてしまいました。

ご名答です。置きに行きました。自分としてはいまいちだけど、編集さんはそう判断しないかもしれない！　そんな希望にすがっていた頃が、私にもありました。そんなわけがない。

次の新作では、編集さんも自分も納得できる面白い作品を作ってやります！

では、謝辞を。

十五巻を購入していただいた、読者の皆様、ここまで俺好《おれす》きを読んでいただき、誠にありがとうございます。次がいよいよ最終巻です。ジョーロ君の物語の締《し》めくくりを、どうか見守っていただけたらと。

ブリキ様、素敵なイラストをありがとうございます。次は偶数巻なので、もう今度こそは絶対にあれをやります。やらずにはいられない。

担当編集の皆様、いつも貴重なお時間を割《さ》いていただき誠《まこと》にありがとうございます。リモートミーティングは兵器なのですが、カメラ付きだと途端にやりづらくなります。自分の顔が画面に映っているのが、嫌で嫌で仕方がないんです。

駱駝

◉駱駝著作リスト

「俺を好きなのはお前だけかよ①〜⑮」（電撃文庫）

本書に対するご意見、ご感想をお寄せください。

ファンレターあて先
〒 102-8177　東京都千代田区富士見 2-13-3
電撃文庫編集部
「駱駝先生」係
「ブリキ先生」係

読者アンケートにご協力ください!!

アンケートにご回答いただいた方の中から毎月抽選で10名様に「図書カードネットギフト1000円分」をプレゼント!!

二次元コードまたはURLよりアクセスし、
本書専用のパスワードを入力してご回答ください。

https://kdq.jp/dbn/　パスワード　rjjdh

●当選者の発表は賞品の発送をもって代えさせていただきます。
●アンケートプレゼントにご応募いただける期間は、対象商品の初版発行日より12ヶ月間です。
●アンケートプレゼントは、都合により予告なく中止または内容が変更されることがあります。
●サイトにアクセスする際や、登録・メール送信時にかかる通信費はお客様のご負担になります。
●一部対応していない機種があります。
●中学生以下の方は、保護者の方の了承を得てから回答してください。

本書は書き下ろしです。

この物語はフィクションです。実在の人物・団体等とは一切関係ありません。

電撃文庫

俺《おれ》を好《す》きなのはお前《まえ》だけかよ⑮

駱駝《らくだ》

2020年12月10日　初版発行

発行者　青柳昌行
発行　株式会社KADOKAWA
〒102-8177　東京都千代田区富士見2-13-3
0570-002-301（ナビダイヤル）
装丁者　荻窪裕司（META＋MANIERA）
印刷　株式会社暁印刷
製本　株式会社ビルディング・ブックセンター
※本書の無断複製（コピー、スキャン、デジタル化等）並びに無断複製物の譲渡および配信は、著作権法上での例外を除き禁じられています。また、本書を代行業者等の第三者に依頼して複製する行為は、たとえ個人や家庭内での利用であっても一切認められておりません。

●お問い合わせ
https://www.kadokawa.co.jp/（「お問い合わせ」へお進みください）
※内容によっては、お答えできない場合があります。
※サポートは日本国内のみとさせていただきます。
※ Japanese text only

※定価はカバーに表示してあります。

©Rakuda 2020
ISBN978-4-04-913576-3　C0193　Printed in Japan

電撃文庫　https://dengekibunko.jp/

電撃文庫創刊に際して

文庫は、我が国にとどまらず、世界の書籍の流れのなかで〝小さな巨人〟としての地位を築いてきた。古今東西の名著を、廉価で手に入りやすい形で提供してきたからこそ、人は文庫を自分の師として、また青春の想い出として、語りついできたのである。

その源を、文化的にはドイツのレクラム文庫に求めるにせよ、規模の上でイギリスのペンギンブックスに求めるにせよ、いま文庫は知識人の層の多様化に従って、ますますその意義を大きくしていると言ってよい。

文庫出版の意味するものは、激動の現代のみならず将来にわたって、大きくなることはあっても、小さくなることはないだろう。

「電撃文庫」は、そのように多様化した対象に応え、歴史に耐えうる作品を収録するのはもちろん、新しい世紀を迎えるにあたって、既成の枠をこえる新鮮で強烈なアイ・オープナーたりたい。

その特異さ故に、この存在は、かつて文庫がはじめて出版世界に登場したときと、同じ戸惑いを読書人に与えるかもしれない。

しかし、〈Changing Times,Changing Publishing〉時代は変わって、出版も変わる。時を重ねるなかで、精神の糧として、心の一隅を占めるものとして、次なる文化の担い手の若者たちに確かな評価を得られると信じて、ここに「電撃文庫」を出版する。

1993年6月10日
角川歴彦

電撃文庫DIGEST　12月の新刊

発売日2020年12月10日

ソードアート・オンライン25
ユナイタル・リングⅣ

【著】川原 礫　【イラスト】abec

《仮想研究会》のリーダー・ムタシーナが、ついに襲来する。だがそれを迎え撃つキリトは、凶悪なる窒息魔法《忌まわしき者の絞輪》に侵されていた。圧倒的不利に追い込まれたキリトたちに、勝機はあるのか――？

青春ブタ野郎はナイチンゲールの夢を見ない

【著】鴨志田 一　【イラスト】溝口ケージ

書いたことが正夢になる、と学生たちのSNSで話題の都市伝説『#夢見る』。咲太は中学時代のクラスメイト・赤城郁実がそれを利用し、"正義の味方"としてナースのコスプレ姿で人助けしている所を目撃し――。『青ブタ』シリーズ第11弾。

俺を好きなのはお前だけかよ⑮

【著】駱駝　【イラスト】ブリキ

多くの葛藤を経て遂にパンジーを選んだジョーロ。これでハッピーエンド！　と思いきや、クリスマス・イヴの待ち合わせ場所に現われたのはパンジーではなく、中学校時代のクラスメイトである虹彩寺菫、通称『菫（ビオラ）』で――？

豚のレバーは加熱しろ（3回目）

【著】逆井卓馬　【イラスト】遠坂あさぎ

封印されていた記憶を取り戻したジェスとともに再び冒険に！　イェスマの運命を握る大事な使命。その鍵を握っているのは、女の子の脚の匂いを嗅ぐのが何より大好きという、あの変態犬ロッシで……？

賢勇者シコルスキ・ジーライフの大いなる探求 擦
～愛弟子サヨナはぷにぷに天国DX仕様～

【著】有象利路　【イラスト】かれい

有象「賢勇者もついに第３巻ですね」編集「我々も慣れましたね」有象「あ、ところで新刊はシコルスキたちをKADOKAWA本社へカチ込ませようと思ってるんですがいいすかwww」編集「おk www」偉い人「楽しそうだねwww」【終】

ぽけっと・えーす！③

【著】蒼山サグ　【イラスト】てぃんくる

沖縄合宿でチームの気持ちもひとつになった陽明学園ポーカークラブ。いよいよ始まった全国大会出場をかけた予選だけど、相手は練習試合でボロ負けしてしまったライバル校で――!?　小学生三部作、待望の第３巻！

桃瀬さん家の百鬼目録《フェイクロア》2

【著】日日日、ゆずはらとしゆき　【イラスト】吠L

今日も浅草を舞台に、異界からの侵略者「夷狄」が起こす事件に対峙するみろくと小太郎の桃瀬姉弟。だが「夷狄の姫」率いる最凶軍団が浅草に総攻撃を開始して……？　これは「昔々」から続く現代の御伽噺――百鬼目録（フェイクロア）。

こわれたせかいの むこうがわ2
～少女たちのサバイバル起業術～

【著】陸道烈夏　【イラスト】カーミン@よどみない

ラジオに導かれ独裁国を脱出したフウとカザクラ。記憶を失ったカザクラのルーツを探る彼女らだったが、謎の女・リリの介入で、フウが単身「奴隷監獄・ゴトクテン」へと誘拐されてしまい!?　新たな脱出劇が始まる！

新作 エンドブルー

【著】入間人間　【イラスト】仲谷 鳰

突然自分の前から消えてしまった彼女／別れを告げることもなく君の前から消えてしまった私。そんな二人の再会と、本当のお別れ。――少女たちの鮮烈な想いが弾ける作品集。

新作 グリモアレファレンス
図書委員は書庫迷宮に挑む

【著】佐伯庸介　【イラスト】花ヶ田

国内有数の蔵書数を誇る宇伊豆学園附属図書館の地下には広大かつ深淵な《迷宮》が存在する。そこで偶然にも《閉架書庫》を探索するための力を手に入れた守砂尊は、探索チームを結成し各階層を攻略していくことになり……!?

新作 ヒロインレースはもうやめませんか？
～告白禁止条約～

【著】旭 蓑雄　【イラスト】lxy

新作ラブコメの連載条件は彼女を作ること!?
担当編集にそう告げられた高校生漫画家の薬師錬太郎。
彼を慕うアシスタント(後輩眼鏡っ娘)や同業漫画家(ツンデレ元気娘)に相談するも、リアルヒロインレースが勃発！

新作 俺のプロデュースしたエルフアイドルが可愛すぎて異世界が救われるレベル

【著】仁木克人　【イラスト】天川さっこ

突然、勇者として異世界に召喚されたアイドルオタクの翔人。彼が異世界を平和にするために取った選択は、全魔物をファンにする究極のアイドルプロデュースだった！　エルフの少女と可愛さで異世界を救うラブコメディ！

新作 時間泥棒ちゃんはドキドキさせたい
俺の夏休みをかけた恋愛心理戦

【著】ミサキナギ　【イラスト】うなさか

一学期最終日。クラスのアイドル・藤ノ宮白雪からの告白は、"時間泥棒"である彼女の罠だった！　まんまと「時」を奪われ9月1日にタイムリープした俺は、夏休みを取り返すためなぜか白雪とデートすることに!?

新作 隣のクーデレラを甘やかしたら、ウチの合鍵を渡すことになった

【著】雪仁　【イラスト】かがちさく

一人暮らしの高校生、片桐夏臣の隣室に黒髪碧眼の美少女、ユイが引っ越してきた。クールなユイに実は世間知らずな一面があるのを知った夏臣は、彼女を手助けすることを決める。甘々な日々が、始まろうとしていた。

おもしろいこと、あなたから。

電撃大賞

自由奔放で刺激的。そんな作品を募集しています。受賞作品は
「電撃文庫」「メディアワークス文庫」「電撃コミック各誌」等からデビュー!

上遠野浩平(ブギーポップは笑わない)、高橋弥七郎(灼眼のシャナ)、
成田良悟(デュラララ!!)、支倉凍砂(狼と香辛料)、
有川 浩(図書館戦争)、川原 礫(ソードアート・オンライン)、
和ヶ原聡司(はたらく魔王さま!)、安里アサト(86―エイティシックス―)、
佐野徹夜(君は月夜に光り輝く)、北川恵海(ちょっと今から仕事やめてくる)など、
常に時代の一線を疾るクリエイターを生み出してきた「電撃大賞」。
新時代を切り開く才能を毎年募集中!!!

電撃小説大賞・電撃イラスト大賞・電撃コミック大賞

賞(共通)
大賞……………正賞+副賞300万円
金賞……………正賞+副賞100万円
銀賞……………正賞+副賞50万円

(小説賞のみ)
メディアワークス文庫賞
正賞+副賞100万円

編集部から選評をお送りします!
小説部門、イラスト部門、コミック部門とも1次選考以上を
通過した人全員に選評をお送りします!

各部門(小説、イラスト、コミック)
郵送でもWEBでも受付中!

最新情報や詳細は電撃大賞公式ホームページをご覧ください。

http://dengekitaisho.jp/

主催:株式会社KADOKAWA

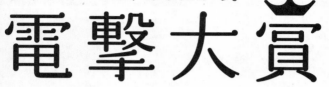